Marie Johanne Croteau

Le Portail des Elfes

…souvenirs d'ailleurs

Éditions Le Passe-Monde
Québec

Du même auteur aux éditions Le Passe-monde

LE GRAND LIVRE DES THÉRAPIES ESSÉNIENNES ET ÉGYPTIENNES
(en collaboration avec Daniel Meurois)

Quelques titres de Daniel Meurois aux Éditions Le Passe-Monde

LE LIVRE SECRET DE JESHUA *...la vie cachée de Jésus selon la mémoire du Temps*
LE TESTAMENT DES TROIS MARIE *...trois femmes, trois initiations*
LA DEMEURE DU RAYONNANT *...mémoires égyptiennes*
IL Y A DE NOMBREUSES DEMEURES *...à la découverte des univers parallèles*
AINSI SOIGNAIENT-ILS *...des Égyptiens aux Esséniens, une approche de la thérapie*
LES ANNALES AKASHIQUES *...portail des mémoires d'éternité*
VU D'EN HAUT *...rencontre avec la Fraternité galactique*
LE NON DÉSIRÉ *...rencontre avec l'enfant qui n'a pas pu venir*
COMMENT DIEU DEVINT DIEU *...une biographie collective*
L'ÉVANGILE DE MARIE MADELEINE *...selon le livre du Temps*
LES MALADIES KARMIQUES *...les reconnaître, les comprendre, les dépasser*
LE PEUPLE ANIMAL *...l'âme des animaux*

Éditions le Passe-Monde
C.P. 1002
1015 Bd du Lac. Lac-Beauport,
(QC) Canada G3B 0A0
passe-monde@ccapcable.com
www.danielmeurois.com
www.intusolaris.com

Couverture : Huile sur toile de Sandrine Gestin. www.sandrinegestin.com
Infographie de couverture : Typoscript – Montréal
Saisie informatique du texte : Marie Johanne Croteau
Maquette du texte : Lucie Bellemare

ISBN : 978-2-923647-41-8
Imprimé au Canada

Je dédie ce livre à
tous les amoureux du Peuple elfique
et à la Nature de notre monde

Avec amour et gratitude à Daniel,
à mes enfants, Virginie et Julien
ainsi qu'à des amis chers à mon cœur,
Marie Dominique, Dominique, Martine et Daniel
et, bien sûr, à la mémoire de mon père

Merci à Sandrine Gestin
une complice du Monde des Elfes

Préface

Pendant des mois, j'ai eu le privilège d'assister à la rédaction de ce livre. Je dis le privilège car cet ouvrage – chacun s'en apercevra rapidement – n'est pas anodin. Il est même radicalement différent de l'immense majorité de ceux qui ont été écrits sur le sujet.

En effet, si la littérature consacrée à l'univers elfique et, plus globalement, aux Forces invisibles de la Nature, est abondante, très rares y sont les œuvres en forme de témoignage... et qui plus est de témoignage précis.

Avec ¨Le Portail des Elfes¨, nous sommes loin des contes et légendes qui peuplent le monde des enfants et l'Imaginaire de notre société.

Dotée de facultés sensitives, Marie Johanne Croteau fait ressurgir ici une mémoire profonde depuis longtemps enfouie en elle. Une mémoire qu'elle ne s'autorisait pas à libérer pleinement, une mémoire enfin qui nous prend par le cœur pour nous faire approcher avec vérité le ¨continent des Forces subtiles¨ de notre planète.

Au fil des pages de ce texte peu conventionnel, séduit par la sensibilité qui s'en dégage, j'ai personnellement découvert bien autre chose que le simple récit d'une vie au monde des Elfes.

De fait, le lecteur y est convié à pénétrer au sein de cet univers qui constitue étonnamment la trame du nôtre...

En cela, c'est une foule d'informations majeures et de détails captivants qui nous est offerte avec un regard très différent du nôtre.

Nous y approchons une autre définition du Temps, de la Lumière et du Sacré de la Vie... tout cela mêlé à un hymne à l'audace, à la liberté et à ce ¨besoin de différence¨ qui nous invite sans cesse à grandir.

J'y salue au passage, le talent de l'auteur à s'être particulièrement appliqué à retranscrire des sensations, des perceptions et surtout des concepts ¨non-humains¨ dans une langue compréhensible par tous. Cela n'a pas été le moindre de ses défis.

Je dois dire enfin qu'en découvrant le manuscrit du ¨Portail des Elfes¨ - au-delà de la richesse de ses données - j'ai été profondément touché par sa fraicheur, sa sincérité, sa sensibilité à fleur d'âme ainsi que par la grande tendresse qui s'en dégage... de rares qualités à notre époque.

Je vous y souhaite, à votre tour, une plongée tout en émerveillement, mais aussi en conscience de l'urgente nécessité de tout faire pour protéger la si précieuse beauté de notre planète... et de ses locataires.

Daniel Meurois

Avant-propos

Il était une fois… J'aurais pu débuter ce récit comme on entame un conte car je ne peux rien prouver du contenu des pages qui vont suivre. Ce livre n'est cependant pas un ouvrage de fiction car il relate une histoire authentique… bien qu'incroyable pour la plupart des humains.

Je n'ai pourtant pas d'autres arguments à proposer que le sceau de vérité qui est gravé en mon âme et qui offre ce récit à découvrir…

Ainsi, lecteurs, il vous appartient de plonger pleinement ou non avec moi dans un univers qui fût un jour le mien.

Mon seul souhait est d'ouvrir vos ailes du dedans à ¨quelque chose¨ qui se cache au cœur-même du nôtre et qui n'est encore pour beaucoup de consciences que le vague pressentiment de possibles réalités.

Puisse avant tout ce témoignage vous inviter à repousser plus encore vos horizons et à vous donner le vertige de l'Infini Voyage de la VIE…

« Nous, les Elfes, sommes les tisserands de la Terre. Tout ce qui vit dans votre monde végétal, nous l'avons pensé dans notre univers et réalisé dans sa perfection initiale.

Hélas, lorsque la Force de Vie nous permet de laisser ¨glisser¨ nos créations vers votre monde terrestre... vos vibrations, vos gravités, votre densité les affectent et leur font perdre leur État de Grâce originel. »

Gwenedys

Chapitre I

Une autre Nature, un autre Temps…

Il y a des temps sur lesquels le Temps et sa rouille - l'oubli - n'ont pas de prise.

Ma mémoire est encore toute emplie de l'un d'eux et ce n'est certainement pas par hasard si c'est aujourd'hui qu'elle a besoin de s'ouvrir…

C'était il y a onze mille ans de nos années terrestres. La fin du peuple atlante était encore dans les mémoires. Un continent tout entier s'en était allé, bombardé par le ciel et avalé par la fureur des eaux.

Tout semblait s'être figé sur Terre. Les peuples s'étaient éparpillés, meurtris, souvent de retour à leurs instincts premiers, ceux de la survie.

L'air était lourd des odeurs du sang et de la peur et les cieux offraient encore des reflets rougeâtres comme témoins des derniers bouleversements…

Des foyers de pureté survivaient pourtant ici et là en essayant de maintenir un flambeau de conscience alors qu'on ne lisait dans le cœur des hommes qu'un violent désir de tuer et de voler…

Il leur fallait braver cette peur dans laquelle baignait encore la mémoire collective de l'humanité… une peur viscérale, celle de l'anéantissement, comme une sorte de fissure dans l'âme.

C'est ce qui arriva en ces temps anciens…

Fragilisés, démunis et désespérés, les hommes et les femmes de la Terre se mirent à regarder *autrement* ce qu'ils avaient failli perdre. C'est ainsi que certains voulurent se rapprocher des Forces de la Nature. Ceux qui constituèrent ce qui devint par la suite le peuple d'Irlande furent de leur nombre…

Oui, tout les y invitait… leurs doutes, leurs fragilités soudainement révélées et les Mondes eux-mêmes, qui, au lendemain de la Grande Secousse, avaient commencé à vouloir se réapprivoiser entre eux tout naturellement, comme pour inviter à l'Unité des Origines.

Je dis bien *les* Mondes… car il en existe de multiples; ils se cachent les uns au creux des autres, entre le soleil et la lune, l'air et la terre, dans tous les replis de ce que l'on nomme le dense et le subtil.

Interrogatifs, craintifs, tels de êtres autonomes, eux aussi semblaient avoir décidé de se rapprocher inexorablement, au point où des Portes avaient commencé à s'ouvrir toutes grandes en eux.

Ces Portes ressemblaient à de grands tourbillons de lumière qui permettaient à tous les ¨ailleurs¨ de dire leur existence. Elles étaient comme des brumes légèrement iridescentes qui laissaient parfois entendre des sons mystérieux et envoutants. Elles étaient une invitation pour qui les découvrait…

Mon Monde était l'un d'eux, fait d'immatière et de matière, du souffle de l'air et de l'eau et de rayons de Lune. Il était ce qu'on nomme aujourd'hui le Royaume des Elfes…

Dire qu'il était parallèle à celui des humains de la Terre d'Irlande ne serait pas juste…

Il lui était intérieur, il vivait en son sein, dissimulé dans sa propre lumière, ses jours et ses cycles. Et c'est ainsi qu'il demeure encore, même si les hommes le fuient, même s'ils le nient.

Mon rêve est ici de vous faire ressentir – voire palper un peu plus – ce qui fut un jour... chez moi. Il est aussi de vous inviter à faire un pas de plus vers *Ce* qui fut, *Ce* qui est et qui me pousse à braver le verdict de délire que quelques-uns n'hésiteront pas à poser dès l'ouverture de ces pages.

J'ai fait le vœu de réveiller un peu de ce qui dort en chacun. J'ai dit réveiller, oui, car les Mondes elfiques ont laissé de nombreuses traces dans l'inconscient collectif des peuples de notre Terre, tant par les récits fantastiques qui en font état comme des légendes anciennes que par les contes aux accents féeriques qui véhiculent la nostalgie de leur réalité.

Alors pourquoi ne pas reconsidérer ces traces et nous laisser plutôt pénétrer par elles comme faisant partie de notre réalité profonde tout en acceptant de laisser nos murs intérieurs se fissurer ?

Mais revenons à ces Portes entre les Mondes dont j'évoquais précédemment l'existence. Souvenons-nous que c'est à partir des ¨Sas¨ qu'elles représentent et de la communication à laquelle elles ont toujours invité que la vraie culture nommée ¨celtique¨ s'est construite jusqu'à aujourd'hui. Elle s'y est alimentée…

C'est donc au Seuil de ce qui fut mon Monde que je souhaite ici vous convier parce que derrière cette Terre qui nous porte… il existe une autre Terre !

Le regard qui observe tout cela à travers le Temps, celui qui est à jamais inscrit dans ma mémoire et qui est à l'origine des pages qui suivent est donc celui d'un de ces êtres qui peuplent l'un de ces univers que l'on dit parallèles au nôtre. Il raconte ce que fut son destin et celui d'autres êtres d'une même contrée de lumière… Il relate aussi celui d'un humain ayant vécu parmi eux. Ce regard qui se souvient et témoigne est un regard elfique féminin, celui d'une Elfe de l'air… En langue humaine son nom pourrait se traduire par celui de *Gwenedys* mais, en réalité, il est imprononçable à la surface de la Terre.

Il est totalement étranger aux sons de la Terre car l'Onde de vie du Monde elfique vibre plus rapidement que celle du Monde de densité des peuples de la ¨Terre de l'Extérieur¨, ainsi que les Elfes l'ont toujours appelé. S'il arrive à un humain d'entendre la langue elfique, celui-ci ne peut en fait ni la comprendre ni l'apprendre car elle lui est infiniment trop rapide, trop vive… insaisissable !

Chacun se demande, bien sûr, à quoi peut ressembler un Elfe ou une créature elfique… je veux dire *en vérité* et bien au-delà de toutes ces idées reçues à travers les miroirs fascinants mais déformants des contes. Parviendrai-je à transposer en termes et concepts humains ce qui n'a pas vraiment l'apparence de l'humain ? C'est là le défi auquel je me suis engagée dans le présent témoignage…

Alors, amis lecteurs, faufilez-vous dans ce qui fut mon Monde… Sentez, écoutez, regardez…

Suivez-moi à travers les souvenirs de Gwenedys, ceux d'ailleurs…

Les Elfes…

Parlons d'abord de notre peau elfique… Elle n'est pas semblable à votre chair, enfin à ce que vous concevez comme tel sur

Terre… Ainsi que l'ensemble de notre corps, elle est un tissu de *matière lumineuse* sur lequel on ne décèle aucune ride, aucune marque de vieillesse non plus.

On n'y capte qu'une apparente jeunesse et une beauté sans âge défini. De ce fait, nous semblons intemporels bien que nous vivions très longtemps tout en manifestant constamment ce que nous pourrions décrire comme notre idéal esthétique.

En réalité, le tissu elfique n'est pas véritablement une peau. Il est très élastique, souple et infiniment modelable au gré de notre pensée.

Nous avons globalement forme humaine mais la nature des concepts qui nous habitent rend celle-ci beaucoup plus longiligne et plus aérienne.

Contrairement à ce qu'on dit, les Elfes n'ont ni queue ni paire d'ailes. L'impression d'ailes est donnée par le rayonnement latéral de notre cage thoracique.

En effet, chez nous, le soleil de notre cœur - ce que vous appelez le chakra cardiaque - est dominant. L'illusion d'une queue est aussi créée par un échappement lumineux constant à la base de notre colonne vertébrale. Celui-ci est particulièrement actif lorsque nous sommes en ¨état de travail¨ intense sur la Nature…

Une chose encore… Nous, les Elfes, n'avons pas de pilosité. Nous n'avons donc pas de cheveux en tant que tels mais nous secrétons des sortes de très longs filaments lumineux aux accents bleutés, couleur d'aurore et aussi d'un blanc laiteux afin d'encadrer notre visage.

Ce sont ces filaments qui donnent à l'œil humain la sensation de la ¨blondeur¨ subtilement nuancée d'une chevelure. Il arrive aussi que cet œil les interprète à sa façon et les teinte différemment en fonction de ses propres conditionnements. Il projette alors dans sa perception son imaginaire et sa culture et traduit ainsi à sa manière l'Invisible.

Nos nuances féminines et masculines… aux yeux des humains

Il n'y a pas beaucoup de différences physiques d'un Elfe à l'autre. En fait, ce sont des nuances extrêmement subtiles et perceptibles par la sensitivité seule qui nous rendent distincts les uns des autres. Chacun de nous a donc sa propre couleur de lumière faite de plusieurs parfums floraux de multiples variétés. Il a aussi ses galbes, ses formes, féminines ou masculines, exprimées dans le tissu lumineux qui lui sert de peau.

Nous exprimons ainsi nos personnalités diverses, nos préférences, nos odeurs, notre ¨façon d'être¨ afin de nous manifester au monde…

Il est dans notre nature de nous différencier avec nos courbes, de déployer nos parfums d'âme de façon très sensuelle; c'est inscrit dans notre vie individuelle et collective, dans notre travail sur la Nature et, évidemment, dans l'acte d'amour.

Tout comme les humains, nous sentons le besoin de nous vêtir, cependant nos vêtements ne sont pas faits de tissus mais sont plutôt les prolongements de notre ¨matière lumineuse¨, l'émanation de ce qui nous habite dans l'instant où nous sommes vus, où nous agissons, où nous nous exprimons et enfin là où nous souhaitons communiquer dans une vibration particulière, lors de l'acte amoureux, par exemple.

Les Elfes sont avant tout des êtres d'émotions…

Que dire de plus ? Que nos ¨vêtements¨ évoquent des pétales de fleurs très soyeux, recouverts d'une fine poudre bleutée scintillante, parfumée et très volatile. Pour les Elfes à polarité masculine, ces vêtements ressemblent surtout à de grandes feuilles duveteuses pourvues de nervures constamment oscillantes et qui donnent à chacun son éclat spécifique.

Je parle ici d'Elfes masculins par rapport aux féminins mais il serait faux de pousser trop loin les comparaisons et qu'on qualifie les uns et les autres d'hommes-Elfes ou de femmes-Elfes. Le modèle humain n'est pas une référence absolue.

C'est plus subtil…

Nous, les Elfes, sommes dans notre ensemble très sensuels. Les rapports intimes existent donc entre nous… Ils sont cependant plus énergétiques que ceux que l'on vit dans le monde humain dans la mesure où les tissus corporels immatériels s'interpénètrent totalement avec une forme de rituel prédéterminé. Nos ¨peaux¨ s'épousent alors de façon intense en émettant divers sons cristallins très mélodieux. *Tout* aime en nous de manière globale.

L'acte d'amour dans notre monde est un véritable chant de joie, un parfum qui distille des pensées nobles et de beaux accents célestes… Cependant, il est toujours identique à lui-même, jamais unique parce que vibratoire.

Quant à la procréation, il n'y en a pas au sens où vous l'entendez sur Terre…

C'est le niveau de fusion lumineuse qui naît entre deux Elfes qui fait qu'une cellule de ¨lumière éthérique¨ germe entre eux simultanément dans une explosion de couleurs et de fragrances. Cette cellule se développe ensuite très rapidement pour générer un autre Elfe, totalement adulte.

De ce fait, à cause de cette spontanéité, il n'y a pas dans notre monde de rapports parents-enfants puisque l'enfance n'y existe pas. La notion de Père-Mère correspond globalement à ce que vous appelez la Lumière Divine.

Ainsi, nous naissons adultes et nous ne vieillissons pas dans notre apparence. Aucun Elfe n'appartient donc à ce que vous nommez ¨une famille¨. La notion génétique de famille vous est propre. Par contre, nous nous regroupons par Clans selon les zones géographiques de l'Éther où nous agissons.

Si la zone géographique où nous avons *jailli* et où nous travaillons traverse des bouleversements pénibles et disharmonieux dus à l'activité humaine, nous en sommes tout de suite affectés et déséquilibrés.

En raison de cela, la prolifération elfique s'arrête… puisque, évidemment, l'accouplement lumineux éthérique ne se fait que s'il y a du bonheur à réaliser un travail pour le développement d'une vie harmonieuse sur la Terre physique.

Là où l'humain abîme la Nature que le Monde elfique, entre autre, s'évertue à nourrir à sa façon, il n'y a plus d'échanges amoureux entre Elfes… et donc il y a un amoindrissement considérable de la multiplication elfique. Par voie de conséquence, la Nature physique s'appauvrit dans les zones frappées par les dysharmonies de la Terre de l'Extérieur.

Comprenez-vous à quel point le Monde elfique est relié au monde humain et affecté par ses attitudes terrestres ? De mémoire d'Elfe, la fréquentation de l'humain est la plupart du temps difficile, voire dramatique.

La Lumière du Monde elfique

Sans doute vous demandez-vous maintenant de quoi exactement est fait notre univers… Certains d'entre vous disent qu'il est fait d'Éther sans pour cela savoir ce que cela signifie.

L'Éther, voyez-vous, est comme un liquide amniotique dans lequel baigne secrètement toute la Matière dense… celle de votre monde. C'est une sorte de lumière mêlée de gaz, une substance quadruple.

Afin que vous compreniez comment il agit en nous, mais aussi sur vous, il est bon que vous en perceviez l'essence, l'architecture...

Sachez qu'il y a tout d'abord l'Éther aérien ou l'Éther du Souffle. Il est, par définition, le plus subtil des quatre Éthers. C'est le domaine des Elfes par excellence. Il s'agit d'un composant très perméable aux pensées humaines et animales sur lequel s'inscrivent donc facilement les formes-pensées collectives ainsi que les atmosphères, les états d'être de ceux qui vivent dans la densité terrestre... D'où la réactivité elfique face aux égrégores créés par l'humanité, selon les zones géographiques où elle vit.

L'Éther de l'Air, le mien donc, est celui qui peut le plus communiquer avec le monde de la pensée humaine parce qu'il se laisse pénétrer par elle - les égrégores s'y fixent, quels qu'ils soient - on y trouve ainsi toutes sortes de mémoires différentes...

Le Souffle lumineux qui circule à travers le Monde elfique est ce qui permet au monde dense de garder la mémoire cellulaire de son vécu et de sa forme. Sans mémoire cellulaire, il n'y a pas de permanence, pas de stabilité de la forme d'un corps. L'un des aspects du travail de mon peuple et celui de tous les Elfes de la Terre est de nettoyer ce Souffle lumineux qui est constamment pollué par l'aspect anarchique de la pensée humaine.[1]

C'est par notre habilité à produire certains sons que nous nous attachons à dépolluer le type d'Éther dans lequel nous vivons et

---

[1] Ce travail est rendu très difficile aujourd'hui en raison de la multiplicité des nouveaux concepts qui jaillissent de la pensée cérébrale humaine souvent égarée et floue...

qui est indispensable à la cohérence de la vie physique de l'Extérieur.

C'est le centre de notre poitrine qui émet ces sons car notre tâche est de nous laisser traverser au niveau de cette zone par l'énergie de la manifestation de Vie émanant du Monde archangélique.

De par notre perméabilité et notre proximité inévitable avec le Monde des humains, nous sommes des êtres d'une grande sensibilité, avec les fragilités que cela sous-entend, notamment la susceptibilité et l'imprévisibilité lorsque nous prenons un chemin d'individualisation... comme celui dont je témoignerai ici.

Oui l'individualisation... car, de nature, le Monde elfique est un Monde où l'âme-groupe est encore dominante dans la mesure où chaque Elfe, même avec sa propre spécificité, ses traits distinctifs, demeure néanmoins sous l'influence prépondérante des pensées et attitudes propres à son espèce.

Nous pouvons difficilement dire ou penser un ¨moi-je¨. Le Mouvement Cosmique évolutif ne nous bloque cependant pas car le germe d'une individualisation possible est planté en nous depuis le début de l'actuelle Vague de Vie sous l'impulsion des Archanges. Le problème est que ce Mouvement est souvent nié. Il fait peur...

L'âme elfique, voyez-vous, tient à la fois de l'âme animale et de l'âme humaine dans ce qu'elles expriment de plus spontané. Elle est une sorte de mariage harmonieux et léger entre les deux, toutefois elle est fondamentalement amorale, sans autre intention que de soutenir et prolonger le Souffle sacré de la Vie.

Aucune religion, aucun dogme... juste le vécu permanent d'une nécessité de service à l'Onde dont tout provient. L'Elfe sait par nature que c'est de cette Onde que son âme est issue. Il n'existe ni discussion, ni doute à ce propos.

Si l'Elfe ne vieillit pas dans son apparence, son âme sait que la lumière qui lui prête un corps et y opère son travail doit un jour s'en retirer. La mort d'un Elfe est donc un phénomène rapide, sans souffrance et vécu en paix. Elle est aussi spontanée que pour une fleur qui, en l'espace de quelques heures, se flétrit et n'est plus. Lorsqu'un Elfe meurt, il n'y a nulle tristesse... La lumière qui sculptait son corps se dissout puis s'éparpille comme sous l'effet d'un doux vent... La notion de mort comme chacun la connaît dans le monde humain n'est donc pas un concept elfique. Les Elfes se ¨réincarnent¨ et ont totalement conscience de devoir se re-former pour un autre cycle de vie...

Le concept de Dieu, également au niveau où on l'entend chez les humains, n'a aucun sens pour les Elfes. L'Elfe se sait, se sent dans une Lumière sacrée qui l'alimente, le motive et le fait *être*. Cela lui suffit. On pourrait dire qu'il expérimente le Divin ou plutôt le Sacré en permanence sans avoir besoin de conceptualiser celui-ci.

Cela ne veut pas dire qu'il soit dans la perfection. Son imprévisibilité et sa susceptibilité - par conséquent ses possibles colères - témoignent de son appartenance au monde de la dualité. S'il n'est pas parfait, il est par contre cohérent dans le service qu'il sait devoir rendre au prolongement de la Vie. Il est pratiquement impossible pour un Elfe de ¨briser le Service¨ à l'Onde de Vie. Ce serait contre sa nature.

Les Archanges - ou Grands Lumineux - et les Conseils elfiques

Le Monde elfique n'a pas la compréhension intellectuelle du Monde archangélique. Il en a le ressenti intuitif et exceptionnellement l'expérience directe. Il en a cependant le concept général tout comme le monde humain a celui de Dieu.

Lorsque je retourne dans la conscience et la sensibilité de Gwenedys, comme tous les Elfes de l'Air je ne me pose pas de question par rapport au Monde archangélique. Je pense celui-ci d'une façon globale donc pas en tant qu'une Force existant ¨au pluriel¨.

Ceux que les humains appellent les Archanges sont pour nous l'expression unique de la Force de Vie, sa Manifestation suprême.

Le Sacré se manifeste parfois à nous sous forme de courants lumineux très intenses qui viennent nous visiter comme pour nous soutenir dans les périodes de dysharmonie terrestre.

Quant à la notion de religion, je souligne à nouveau qu'elle nous est totalement étrangère même si nous sommes capables d'en deviner le principe.

Nous avons seulement le ressenti presque constant d'une Présence sacrée... un peu comme cela se passe dans le monde animal.

Il n'y a par conséquent pas de prêtres ni de prêtresses mais seulement des Elfes ¨plus habités¨ que d'autres et qui acquièrent de ce fait spontanément une autorité sur les autres.

Ce sont ceux-là qui nous servent de Guides naturels, en tant que ¨Canaux¨. Ils régulent par conséquent l'équilibre et le développement de l'ensemble de la société elfique.

La hiérarchie qui règne dans celle-ci s'établit ainsi d'elle-même en fonction des capacités de transmission de la Lumière et du Sacré par un ou une Elfe-Canal.

De ce fait, il n'y a pas chez nous de Gouvernement au sens humain du terme mais des Conseils faits de Canaux plus ou moins ouverts. Ils sont garants de la solidité et de la fixité de notre Monde.

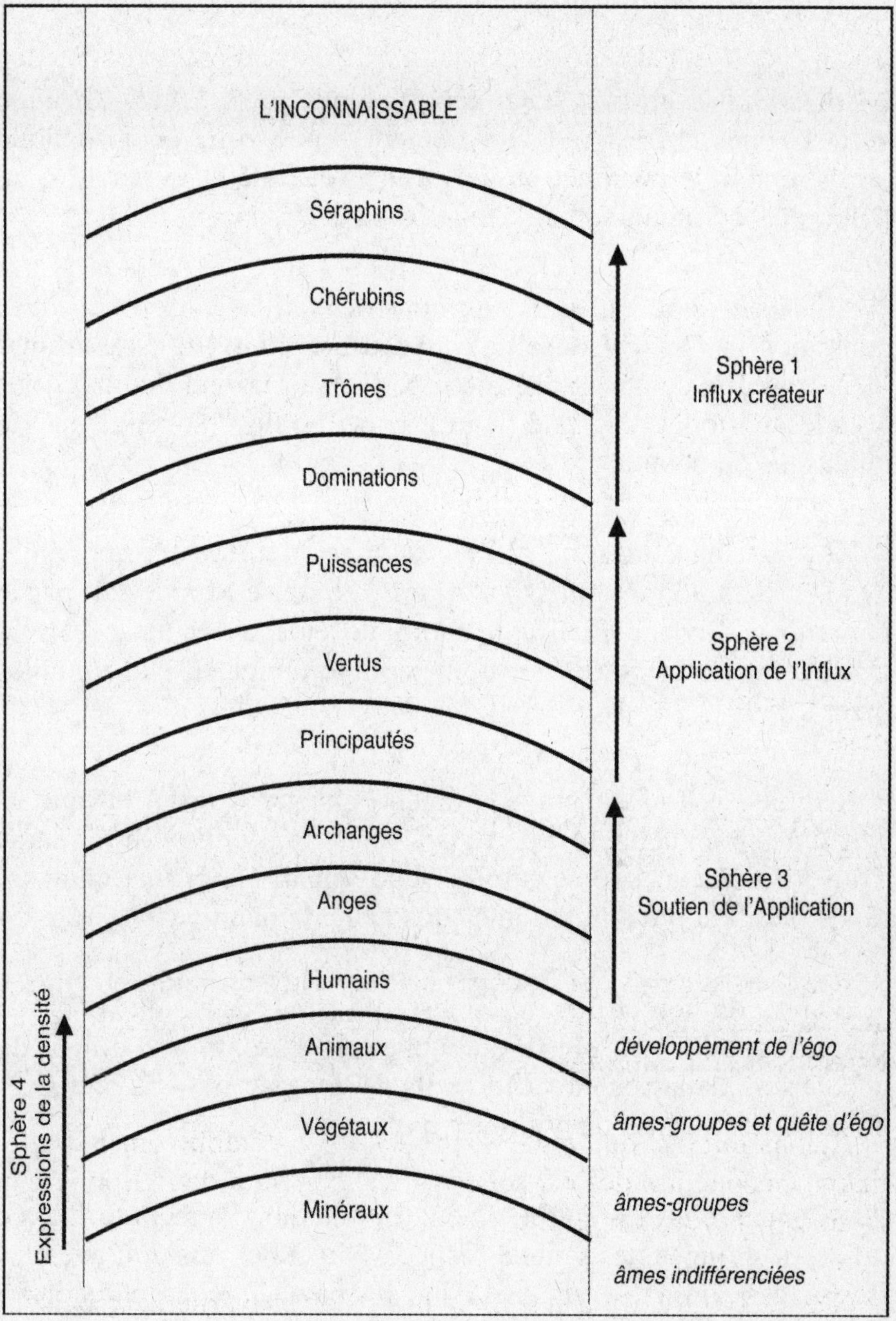

Les sphères de conscience

Les Conseils elfiques

Il en existe un par ¨zone géographique¨ de l'Éther. Chacune de ces zones correspond globalement à une zone géographique terrestre visible en fonction de l'unité végétale et minérale d'un lieu précis comme une lande, une forêt, etc…

Il existe donc un grand nombre de petits Conseils elfiques mais un seul Grand Conseil au niveau planétaire. Il est extrêmement rare que ce dernier se réunisse… Il ne le fera que dans des grandes périodes de modifications, de bouleversements ou de mutations planétaires.

En fait, chaque zone elfique a un comportement spontanément assez autonome mais - si l'unité de notre Monde fait partie pour nous d'une évidence primordiale et souveraine - dans la quotidienneté de notre vie, notre comportement est essentiellement tribal.

Comme je l'ai dit précédemment, chaque Conseil elfique se constitue spontanément à partir des Elfes - masculins ou féminins - qui manifestent une sensibilité, une sensitivité et une connaissance intuitive plus importantes que celle de la moyenne.

Parmi de tels Elfes il en est qui sont psychiquement en contact avec l'Esprit global de la planète. Ils sont les Gardiens de la cohésion de la société elfique. Ils veillent surtout à la préserver de toutes les formes de pollution humaine.

Ces Canaux elfiques entretiennent de plus un contact étroit avec les âmes-groupes des grandes espèces végétales ainsi qu'avec les Dévas des animaux vivants dans leur zone géographique. Ils participent ainsi aux mutations des espèces végétales en transmettant à celles-ci des aliments énergétiques tels que souhaités par ces Dévas.

Nos Conseils elfiques sont, de par leur nature, très conservateurs et méfiants face à tout changement. Ils peuvent même exercer des pressions psychiques importantes sur une zone donnée car leur notion de ¨Ce qui doit être¨ et leur conception de la liberté est assez fixe et limitée. Ils se sentent avant tout Gardiens d'un certain ordre des choses…

La nourriture…

Nous nous sommes toujours nourris des odeurs dégagées par les plantes et les fruits. À cause de cela, nous n'avons pas de moments privilégiés pour les temps de repas mais vivons plutôt dans un processus d'assimilation constant et très fluide.

D'une façon plus imagée, on pourrait dire que nous buvons un peu de l'âme des végétaux tout en entretenant leur vie physique et leur essence première.

Les Équinoxes de printemps du monde physique sont cependant pour notre Peuple une occasion de rassemblement et suractivité dans l'Éther, par zones géographiques. Notre mode de stimulation des végétaux nous procure la même impression qu'à vous lors des festivités où vous partagez de grands repas.

Nous absorbons alors en abondance tous les parfums végétaux et c'est un véritable festin pour nous, Elfes.

Voulez-vous en apprendre encore ?

Si la notion de boire nous est connue, elle ne se manifeste pas sous forme de l'absorption de liquides en tant que tels. Nous aspirons l'essence des différentes sèves végétales.

En raison de tout cela, nos corps ne rejettent pas de déchets mais ils se fatiguent plus vite et vieillissent si les végétaux sont malades, pollués ou, comme aujourd'hui, génétiquement dénaturés.

Nous tentons toujours de déployer une grande activité là où la Matière souffre, là où une plante, un arbre sont malades... mais ne pouvons opérer de ¨miracles¨ là où l'humain ne fait pas sa part. Lorsque nous ne pouvons plus rien faire, nous nous retirons simplement de la zone souffrante.

Les notions de collaboration et de création collective sont une priorité pour notre Monde car le concept de l'Unité fondamentale de Tout nous est évident.

Le monde de Gwenedys

Mon univers est un ¨tout¨ fait de forêts très denses et de majestueuses landes aux couleurs nuancées de riches reflets. Quant à nos habitations, ce sont des sortes d'espaces mentaux tressés entre les végétaux par notre pensée et notre sens du Beau. Nous les ¨tissons¨ entre certains groupes d'arbres également, souvent en hauteur afin d'être moins dérangés par nos perceptions de la présence humaine. Ce sont des lieux semblables à des cocons, parfois vastes.

Les végétaux du Monde elfique ? Ils sont semblables à ceux de la Terre de l'Extérieur puisqu'ils en sont les doubles - ou plutôt les moules - sur le plan éthérique.

Dans l'Éther, tout est dans un état de perfection initiale, celui du moment de sa création par notre pensée influencée par celle des ¨Grands Lumineux¨, les Archanges.

Dois-je donc vous dire que les forêts et les landes sont beaucoup plus luxuriantes et fortes dans l'Éther que dans le monde de densité en raison de leur taux vibratoire plus rapide ?

Il n'y a ni chemins, ni routes, ils seraient inutiles puisque nous nous déplaçons à la vitesse de nos pensées et aussi de nos désirs.

L'Elfe peut cependant ¨se promener¨ tout comme l'humain le fait et éprouver le besoin de se ressourcer en certains lieux aimés.

Lorsqu'un lieu est particulièrement apprécié par nous, nous pouvons rendre sa contre partie physique très difficile d'approche pour l'homme car nous sommes fort habiles à créer des barrières psychiques.

Il n'existe pas d'ombre en tant que telle dans notre Nature mais une ¨présence de lumière¨ plus ou moins intense, plus ou moins fourmillante.

Les rochers, les montagnes ne sont pas très importants pour nous car ils représentent plutôt le domaine de prédilection des Esprits de la Terre, ceux du quatrième Éther.

Nous savons cependant à quel point celui-ci est fondamental également pour notre vie puisque l'essence des minéraux est nécessaire à celle des végétaux.

Nous estimons seulement qu'il n'est pas notre ¨continent¨ psychique même s'il collabore constamment avec le nôtre et avec nos forces.

Dans les faits, nous les Elfes n'entrons pas volontiers en contact avec le peuple très diversifié des Esprits de la Terre, ceux que vous appelez les Gnomes, les Lutins, les Trolls ou encore de cent autres noms... La réciproque est également vraie.

Nous nous respectons mutuellement puisque nous entretenons la même connaissance viscérale de *Ce* qui est, celle d'être les enfants de la même Force, bien que nous nous sentions très différents, un peu comme les Principes du jour et de la nuit qui se ¨croiseraient¨ mais ne se rencontreraient jamais vraiment.

Les Gnomes

Les Esprits de la Terre - ceux du quatrième Éther, donc - sont également très jaloux de leur ordre des choses. Ils vivent dans le ¨tissu éthérique des minéraux¨, ainsi que dans ce que vous appelez, vous, grottes et galeries souterraines.

Ce sont eux qui président aux échanges chimiques qui se déroulent à l'insu des humains dans les sols. Ils jouent aussi un rôle d'accélérateur dans la très lente évolution des différentes familles minérales.

Leur Monde a bien sûr été particulièrement secoué avec l'apparition des engrais chimiques sur la planète. Ils se sont donc aujourd'hui repliés vers des zones plus profondes de l'Éther terrestre…

Les Gnomes, les Lutins et les autres, de par leur nature, ont une humeur plus ludique que nous. Contrairement aux Elfes, ils n'ont pas la sensation de constituer un seul Peuple dans l'ensemble de leur sphère éthérique. Ils forment au contraire une sorte de mosaïque très sensible aux émotions humaines qu'ils captent et s'approprient comme par mimétisme.

Leur regard sur le monde humain est ambivalent ; ainsi, ils peuvent aimer et rejeter à la fois… Beaucoup plus primaires que nous, leur mode de fonctionnement est souvent basé sur des rapports de force et teinté de pouvoir. D'une manière générale, disons qu'ils respectent essentiellement toute Force qui parvient à les contrôler.

Mon Peuple les considère comme de petits frères lourds et instables vivant dans un continent de lumière frontalier avec le leur. Il ne peut pas se passer d'eux et vice versa…

Tandis que nous illustrons la respiration dont la vie subtile a besoin pour se maintenir, les Gnomes, quant à eux, représentent l'aspect ¨gastrique¨ de cette même vie, c'est-à-dire assimilateur.

Le Temps elfique

La perception du Temps par les Elfes est extrêmement différente de celle des humains.

Psychologiquement pour nous, le Temps qui s'écoule n'use pas le corps mais fait avancer, pousser et grandir l'être... toujours un peu plus.

Le Temps ne laisse donc pas de marque sur notre peau et nous avons toujours la même apparence de jeunesse et de beauté selon notre conception de la perfection, notre idéal à nous.

Seule notre âme ¨vieillit¨ ; en réalité, elle mature... elle avance, elle chemine... elle s'affine en sagesse et en perceptions diverses, du moins le doit-elle...

Dans le Monde elfique, il n'y a pas de succession de jours et de nuits mais plutôt des types de luminosités différentes par lesquelles la Nature passe progressivement et qui induisent la transition d'une ¨séquence¨ vers une autre.

Nous ne connaissons donc pas la nuit en tant que telle. Ce sont des éclairages et des nuances de lumières qui marquent notre temps...

Comment l'expliquer ?

En fait, une saison terrestre correspond à une seule journée elfique. Si on essaie de penser en fractions saisonnières, ou en mesures de temps du Monde de l'Extérieur, trois mois d'une saison d'humains égalent environ un jour elfique.

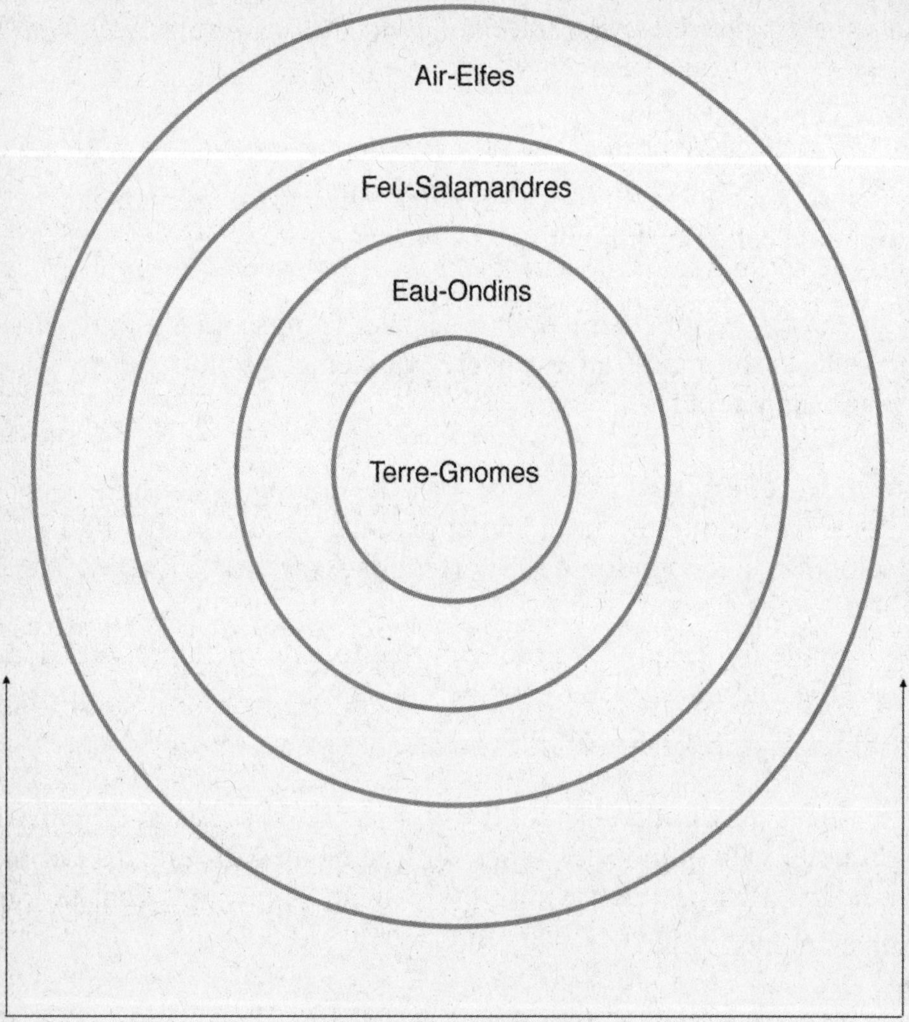

UNIVERS ÉTHÉRIQUE
imprégnant toute la sphère 4

Les 4 Éléments s'interpénètrent et servent de base à la Matière dense

1) AIR : Elfes. Éther-miroir- Mémoires cellulaires.
2) FEU : Salamandres. Éther lumineux. Sensitivité, Flamme de vie.
3) EAU : Ondins.Éther reproducteur. Ensemencement, Impulsion de vie,
4) TERRE : Gnomes. Éther chimique. Assimilation des nourritures.

L'univers éthérique

Une année du calendrier des hommes compte donc pour quatre jours elfiques... Dix années d'humains donneront de ce fait quarante jours elfiques et cent ans terrestres seront simplement quatre cents jours passés au Monde des Elfes...

Chaque jour elfique ou saison humaine a sa couleur globale. L'été est perçu comme rouge, l'automne est violet, l'hiver se pare d'une couleur bleue et le printemps se nuance de tous les verts imaginables... des teintes impossibles à décrire à travers les mots et références de la pensée des hommes.

Les Elfes perçoivent ces changements de tonalité par des pétillements lumineux de l'Éther qui se teinte différemment. Ces changements se mettent en place de façon progressive, fluide... un peu selon un cercle chromatique qu'on parcourrait dans le sens horaire.

Pour en revenir à la mesure de nos jours et de nos années, puisque nous avons une perception du temps selon une alternance de cycles de quatre jours, nous pourrions même dire que nos semaines sont de quatre jours... soit des ¨quadrimaines¨.

Une année elfique se compose de vingt-huit semaines elfiques car l'Éther se renouvelle et se revivifie selon des cycles de vingt-huit ¨fréquences vibratoires¨ qui sont un peu analogues aux cycles lunaires.

À chaque passage d'une année elfique, soit environ cent années d'humains, le Conseil elfique se réunit spontanément...

Chaque Elfe a, par ailleurs, de la difficulté à concevoir ce que l'homme appelle ¨l'avancée des Temps¨. Nous ne connaissons pas le concept d'évolution qui est cher à son monde. Cela est dû à notre approche temporelle inévitablement différente de la sienne puisque nous ne vivons pas la mort en tant que déchéance du corps ni sa ¨re-naissance¨ comme un lent processus obligatoire...

Pour nous, la vie n'est qu'un simple mouvement rythmé, ordonné par une sorte de ¨battement de cil¨ de la Nature.

Les Salamandres

Le continent de l'Éther avec lequel les Elfes entretiennent le moins de relations est le deuxième, celui que l'on nomme classiquement l'Éther lumineux. Il nous semble furtif et nous lui vouons un respect particulier.

C'est par lui ou plutôt par les formes de vie qui s'y expriment que la sensitivité du monde terrestre peut se développer…

Les formes de vie qui y agissent sont ce que la Tradition nomme les Salamandres. C'est par l'action des Salamandres et de leur espace vibratoire que les sens peuvent se développer et participer à l'expression puis à l'expansion de la Vie.

Les Salamandres n'ont pas de forme fixe, ce qui est parfois un peu troublant. Contrairement aux esprits aériens de l'Éther-miroir - les Elfes - et à ceux, terriens, de l'Éther-chimique - les Gnomes - ces Esprits du deuxième Éther sont ceux de l'élément Feu. Ils expérimentent à la fois l'Unité et la Multiplicité ainsi que la notion d'omniprésence de la force vitale universelle.

Essayez de comprendre… les Salamandres sont à la fois une seule et une multitude de consciences…

Leur fonction est de tout imprégner et de communiquer à tout ce qui est une sorte de flamme interne qui procure dynamisme et appétit de vivre. En ce sens, les Esprits du Feu sont un peu de ce qui donne du ¨sel¨ à tout ce qui est manifesté.

Parallèlement à cela, pour pouvoir offrir un tel dynamisme, ils doivent aussi se nourrir de cette vie. En réalité, vu dans leur ensemble, ce dynamisme vient du fait qu'ils font ¨tourner¨ les multiples expressions de ce qui existe. Ils ne permettent aucun statisme.

Ce sont des nettoyeurs, des purificateurs, en même temps que des générateurs… donc des ¨passeurs¨.

Ils agissent aussi selon une loi universelle qui fait qu'il doit toujours y avoir un certain ¨potentiel de Feu¨ qui génère, qui brûle puis qui réordonne tout pour chaque cycle de vie terrestre. Nous, les Elfes, nous savons que cette action du Feu est une nécessité pour l'équilibre de la Nature.

Les Salamandres sont nos très discrets mais premiers alliés dans l'acte de génération de la Vie. Nous les redoutons cependant en raison de leur difficulté d'approche, de leur imprévisibilité et de leur caractéristique ¨polymorphe¨.

Analogiquement, les Salamandres savent que la Présence elfique est indispensable à leur harmonie.

Sur le plan physique, ce rapport de dépendance mutuelle s'exprime par le fait que le Feu a besoin d'Air pour être et que l'Air a besoin d'intégrer en lui une ¨étincelle de Feu et de chaleur¨ pour colporter la Vie.

Les Ondins

Bien évidemment, nous sommes aussi en relation avec les Ondins. Ceux-ci sont les habitants du troisième Éther. Les Ondins sont également quelque peu énigmatiques pour nous les Elfes. Nous les disons furtifs et très peu ¨pénétrables¨.

Nos Mondes respectifs s'épousent à peine mais se savent en même temps liés parce que au Service du Sacré archangélique.

Vous devez aussi savoir que la conscience des Ondins est d'une nature tout aussi collective que celle des Salamandres.

Leur structure énergétique les pousse à faciliter l'expansion, la régénération de la vie ou, au contraire, à la ralentir.

Les Ondins sont donc l'âme de l'élément aquatique. D'une manière générale, ils rayonnent par leur simple action psychique dans tous les liquides, végétaux et animaux. Ce sont les agents les plus actifs de toutes les formes de reproduction.

Les Ondins sont aussi sensuels que les Elfes mais leur nature se montre plus sexuelle au sens animal du terme. Nous les percevons sous la forme de présences frétillantes, insaisissables parce qu'un peu ¨gluantes¨.

Je dois encore dire que la frontière vibratoire entre mon Monde elfique et le Monde ondin est poreuse, comme celle d'ailleurs de toutes les frontières internes à l'Éther. Cette porosité n'est pas du fait des esprits dits ¨élémentaires¨ qui y vivent mais de la seule Volonté des Grands Lumineux. Celle-ci fait converger leurs actions.

Quel que soit le nom qu'on lui donne, il existe un Ordre supérieur sacré et nous tous, ceux de l'Éther, en sommes conscients.

Les Dévas

Pour ce qu'il en est de ces Présences que les hommes de la Terre de l'Extérieur nomment désormais les Dévas[1], il y a beaucoup de confusion. C'est à tort que nous, les Elfes, tous comme les esprits des trois autres Éléments, sommes assimilés à eux.

---

[1] Le terme ¨Déva¨ n'est utilisé que récemment en Occident. Puisque les Dévas sont textuellement considérés comme des divinités dans la langue sanskrite, l'Occident fait donc une sorte de contresens en utilisant leur nom pour parler des esprits des Éléments.

Les Dévas, sont les esprits directeurs qui gouvernent les espèces animales, végétales et même minérales. Ce sont leurs âmes-groupe... Il existe donc, par exemple, un Déva pour chaque race et espèce de mammifère, d'oiseau, de poisson ou encore tout type d'insecte, ainsi bien sûr que pour toute variété de plante ou encore de pierre ou de cristal... Chacun d'eux témoigne d'un certain niveau de conscience et a pour mission de conduire jusqu'à un certain point d'évolution la forme de vie dont il est responsable... et avec la laquelle il évolue lui-même.

Nous, les Elfes, les croisons régulièrement vibratoirement, sous forme d' ¨ombres lumineuses¨. En fait, ils ne vivent pas tout à fait sur le même plan que nous car leur monde chevauche simultanément toutes les couches de l'Éther.

Nous les respectons beaucoup au même titre que eux nous respectent car nous savons bien que nous sommes tous des acteurs de la Vie qui se perpétue.

Parfois, nous pouvons donner l'impression aux humains d'être des Dévas. Lorsque nos âmes convergent avec leur principal ¨Canal directeur¨ lors d'un grand Conseil de contrée, il arrive que nos énergies fusionnent un moment et génèrent une ¨présence elfique¨ globale qui sera perceptible dans le monde des hommes, comme pour sacraliser un lieu. Certains disent alors qu'ils ont aperçu ¨une fée¨... Nous sommes cependant prudents car nous estimons qu'il est toujours risqué de se manifester ainsi aux yeux de l'Extérieur.

Mais maintenant que vous commencez à pénétrez un peu plus tout cela et que la carte des mondes intérieurs au vôtre vous est devenue plus familière, suivez-moi beaucoup plus loin, là où ma métamorphose a commencé à s'écrire...

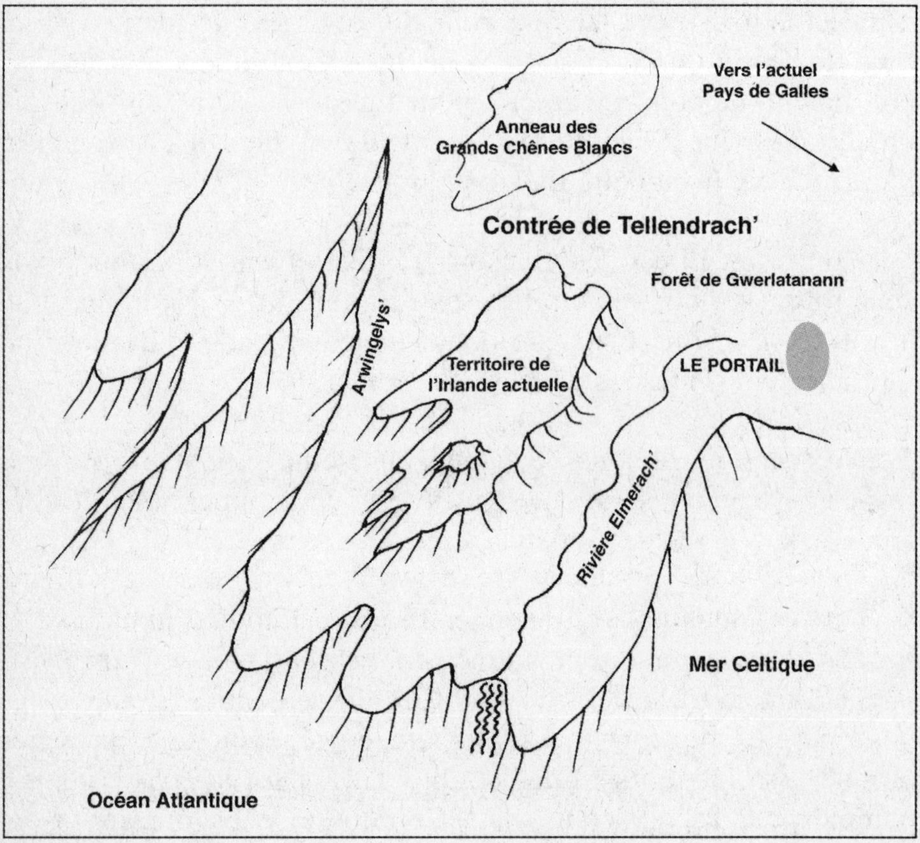

Carte de Tellendrach'

Chapitre 2

Au sortir de la saison bleue…

Nous sortions à peine de la saison bleue, celle où la lumière qui nous nourrit se teinte des reflets de l'aigue marine…

Le Grand Conseil venait juste de se réunir, marquant ainsi la fin d'un cycle pour la Terre et par conséquent pour notre Monde. On y avait évoqué des événements que seule une mutation pressentie pouvait provoquer.

Les Veilleurs… ceux qui préservaient l'ordre des choses au sein des petits Conseils territoriaux de notre Contrée de Tellendrach' en étaient déjà revenus et nous avaient communiqué ce qui s'y était échangé. Ils nous avaient ainsi fait le rapport de ce que nous appelions traditionnellement ¨*L'état du souffle du monde*¨.

Dans l'abri de lumière feuillue où j'avais élu domicile, j'étais encore toute imprégnée de ce que j'en avais capté et que beaucoup d'entre nous semblaient craindre.

Nos Veilleurs nous avaient informé de la réorganisation possible et de la multiplication *anarchique*, disaient-ils, de ces portes qui, depuis la Grande Secousse, autorisaient dans certaines conditions la communication entre *la Terre de l'Extérieur, la Terre de Fer*, celle des hommes, et la nôtre. La seule vision de cette anarchie suffisait à nous inquiéter, elle était inverse à notre rythme fondamental et à une certaine mesure inscrite en nous…

Au cœur du grand bosquet qui était le mien et où je m'étais assigné la tâche d'harmoniser un territoire, je me souviens avoir ressenti le besoin de m'isoler, même si je n'aimais pas cela parce que les bourgeons de mes arbres allaient tarder à éclore…

C'était me réfugier dans le silence pour essayer de comprendre. Jamais je n'avais imaginé qu'un grand nombre de portes puissent éclore ¨comme cela¨, par surprise, et venir bousculer l'ordonnance de nos vies.

Mais quelle était donc la force qui faisait cela ?

Étrangement, à l'inverse de la plupart de ceux de mon peuple et des ¨images d'âmes¨[1] que certains se plaisaient à colporter, je ne parvenais pas à entrer réellement dans l'onde de crainte ou de méfiance générale qui se propageait parmi nous.

Il y avait en moi une sorte de curiosité qui bouillonnait et qui me procurait même d'inexplicables petits élans de satisfaction. Je voulais voir, je voulais comprendre et, de plus, j'étais persuadée être seule à vouloir cela.

En réalité, je n'ai pas pu m'isoler bien longtemps car, en retenant mon rayonnement d'âme comme un humain suspendrait sa respiration, j'ai rapidement vu que mon bosquet aspirait avec peine la sève montant du sol.

---

[1] Sortes de visions holographiques que les Elfes sont aptes à fabriquer et qu'ils font circuler rapidement entre eux…

On m'avait toujours dit que les Elfes ne pouvaient bloquer le mouvement spontané de la vie en eux parce que leur propre lumière naissait dans ce mouvement…

Pour la première fois je constatais que c'était vrai car je sentais ma force diminuer par ma seule volonté de retrait.

Allais-je donc devoir m'activer et absorber ma part d'inquiétude, avoir la crainte au cœur comme tous les autres, sans rien chercher à comprendre, pour que les bourgeons éclosent et que la saison verte s'ouvre ainsi que d'habitude ?

À cet instant-là de ma vie, j'ai réalisé que je pouvais douter et j'ai découvert ma première souffrance : Étais-je une Elfe anormale ? Une dissidente en germination ?

Une senteur suave et miellée de fleurs de chèvrefeuille arriva jusqu'à moi… C'était la fragrance musquée de mon bien aimé, Erdwinn… La saison verte avançait et moi je ne voulais ou ne pouvait toujours étrangement pas bouger… La sève allait bientôt passer, stagner.

Le Conseil allait-il avoir raison de mes convictions ? « Ne surtout pas s'approcher du moindre Portail ! » La demande était impérative. Les Veilleurs nous avaient bien prévenus mais j'étais incapable d'entendre simplement, sans m'interroger, cette interdiction. Il y avait comme une inexplicable révolte qui naissait en mon âme…

- « Gwenedys, Gwenedys… qu'as-tu donc ? Il nous faut aller et œuvrer avec la sève ! La terre de Tellendrach' a grand besoin de nous… Bouge… Écoute les Veilleurs et le Conseil ! »

Erdwinn me regardait de ses yeux saphirs, comme essoufflé et me prenant tout contre lui pour me réchauffer et me redonner un peu de cette énergie qui semblait soudain me manquer.

- « Je travaillais à mes bosquets lorsque j'ai été inquiété par la lumière verte qui diminuait progressivement dans tes feuillus... continua-t-il, et voilà que je te trouve pâle, grelottante et affaiblie...»

- « Oh, le Conseil... peut-être, Erdwinn... Il répète toujours les mêmes choses mais moi, je ne fais plus rien. Je ne sais plus ce qui est juste, je ne comprends plus ce qui arrive... En réalité, je ne cesse de penser aux avertissements des Veilleurs de notre Contrée et je tombe dans une lassitude extrême qui me fait négliger la sève et retient le mouvement de ma lumière... Alors je m'interroge. »

- « Tu t'interroges ? Mais ne le pouvons pas... c'est impossible ! Il est contre nature pour nous, Elfes, de mettre en doute ce qui est écrit au fond de nous... Le Grand Conseil pense pour le bien de notre Clan, tu le sais depuis toujours... Alors si tu n'alimentes pas notre Monde... »

- « Impossible, dis-tu ? C'est pourtant ce qui se passe. Quelque chose en moi est las d'écouter les conseils et les ordres des Veilleurs... Que des interdits ! Que du service et sans jamais se questionner ni même le droit de le faire ! N'as-tu pas envie de plus que cela ? »

Erdwinn a plongé son regard dans le mien. Il paraissait découragé.

- « Gwenedys, mon Elfe... Je vois ta beauté et ne cesse de sentir ton parfum venu des âges bleus de la saison sereine... Il me rappelle ces pivoines odorantes qui nous entourent si souvent... Tout mon être te respire avec bonheur en ce Monde... Gwenedys, ne vois-tu pas que notre Monde est ainsi fait ? Nous sommes heureux ici... »

Ses paroles m'excédaient soudainement par leur conformisme...

- « Je t'en prie, si tu es venu pour reprendre les mots du Conseil… tu peux partir. Me méfier du Portail qui est près d'ici et des humains juste pour maintenir l'ordre de notre Monde ? Les Veilleurs nous le répètent inlassablement comme si tout devait être figé à jamais. Ils reconnaissent pourtant que, depuis la Grande Secousse et les déluges, les Portes se sont multipliées et rapprochées entre les Mondes…

N'est-ce pas plutôt là le signe à écouter ? Pourquoi toujours craindre et non pas chercher à raccourcir les distances entre *ceux de l'Extérieur* et nous ? »

Erdwinn sembla horrifié par ma réponse.

- « …Mais, mais j'ai besoin de toi, moi ! Qu'as-tu à envier au monde métallique de la Terre ? Les humains ? Ces créatures cruelles sentent mauvais et s'entretuent dans des guerres futiles ! Nous le savons tous ! »

- « Tu ne peux pas simplement ramener cela à toi. Tu ne comprends pas… Quelle est donc cette ¨mesure¨, cette tiédeur que nous devons maintenir pour notre équilibre ? Cultiver l'ignorance et les habitudes ?

Ici, rien ne change jamais, tout est toujours soumis aux mêmes rythmes de la sève et de nos souffles unis tandis qu'à l'Extérieur… »

- « À l'Extérieur quoi ? Ils ont besoin aussi de notre équilibre, à l'Extérieur ! Cela, nous le savons parfaitement. »

Erdwinn avait l'impression que tout son monde lui tombait sur les épaules, que la vie elle-même avait fait une pause aussi en lui… Un étrange sentiment de vide s'emparait de lui. Je l'entendais penser…

« Eux, les humains, les bruissants, les malodorants… eux les êtres de rien, les êtres de mort et de guerre… Comment peut-elle être curieuse d'eux ? Elle si douce, belle et presque éternelle… »

Ma réponse est venue toute seule, tant elle parlait par mon centre.

- « À l'Extérieur, mon tendre ami, ils cherchent, ils bougent, ils sont libres dit-on… Certes, ils ont peur aussi et ils souffrent certainement en ces moments de grandes tempêtes… N'aurions-nous pas un rôle de service à la Terre plus vaste que celui que nous croyons ? Parfois, j'ai envie de leur liberté… »

- « Toi aussi, tu ramènes tout à toi, Gwenedys ! Envie de leur liberté à eux ? Sais-tu seulement à quoi elle ressemble ? Je ne te comprends plus. Oui, nous sommes en Service à la Terre mais pas envers les humains. Le Conseil nous a toujours prévenus : les humains ont de tout temps nui à notre équilibre. Ils ont semé le chaos en notre Monde… à chaque fois que l'équilibre des forces a bougé. »

- « Peut-on parler d'équilibre quand on n'a aucune mesure de comparaison ? Est-il anormal de penser ? De se questionner ?

Notre Monde semble toujours prédestiné à répéter les mêmes choses… comme s'il tournait perpétuellement en rond pour que chacun connaisse son rôle à la perfection et s'en acquitte inlassablement. Nous faisons peut-être grandir le monde mais, nous, grandissons-nous ?

Évidemment, ici, tout nous semble beau, bon et parfait mais la beauté et la bonté imposées ¨de nature¨ sont-elles vraies ? Je veux savoir, Erdwinn !

Donnons-nous rendez-vous à la clairière des Grands Chênes, près des ifs, à l'ouest des cimes des vallons verts… Lorsque la lumière sera moins forte, nous pourrions en parler avec nos sœurs Talisenn et Gwandenn.»

Erdwinn sembla réfléchir… Il trouvait risqué de confier déjà à mes amies ce qui n'était sans doute qu'une rébellion de passage en moi… Une passade ! Enfin, c'était ce qu'il espérait.

- « Es-tu certaine de vouloir tout raconter de ce que tu viens de me livrer ? Tu n'ignores pas que tout vient rapidement à se savoir par les Veilleurs et le Conseil et que ce ne sera pas sans de possibles conséquences… »

Erdwinn me regarda une autre fois, espérant que je renonce… Mais je suis demeurée imperturbable, une main contre mon ventre. Il était si douloureux, ce feu qui y brûlait… il hurlait au-dedans tandis que mon cœur battait la chamade.

- « Soit ! Si tu le souhaites ainsi, je t'y attendrai, mon Opale…» me dit-il, les yeux mouillés de larmes embrumées…

Et tout en caressant ma chevelure, il s'éloigna de moi, le cœur lourd.

Je suis restée là, triste et sans force car je n'étais pas certaine qu'il ait vraiment compris ce que je vivais ni la force de mes raisons.

Était-il si difficile d'entrer dans la logique de ce que je ressentais ? En cet instant, il m'a semblé être la seule à nourrir un univers intérieur. J'avais pourtant droit à une vision des choses, à une sensibilité qui ne se calquait pas toujours sur un modèle imposé !

Pour la première fois, je l'ai regardé étrangement ce Peuple qui était le mien…

À sa façon, bien sûr, Erdwinn avait raison car nous étions heureux mais ce qui ne me satisfaisait plus c'était ce bonheur presque ¨obligé¨, semblable à un sceau qui aurait été appliqué une bonne fois pour toutes sur notre âme, sur notre essence d'Elfe.

Qui avait vraiment décidé de ce sceau ? Je ne savais plus si nous collaborions avec l'Éternelle Force des Grands Lumineux ou si, sans nous en apercevoir, nous en étions devenus les esclaves inconscients.

Je me demandais où s'arrêtait le Service et où commençait la servitude. Tout devenait de plus en plus clair…

Oui, s'il y avait servitude, il y avait enlisement !

Que deviendraient *ceux de l'Extérieur* si nous nous approchions d'eux ? Après mille tentatives… peut-être meilleurs, plus proches de la beauté que nous leur offrions et dont ils se nourrissaient plutôt inconsciemment depuis toujours.

Et nous, Elfes… que deviendrions-nous si nous nous approchions du Monde de Fer qui était le leur ? Y-avait-t-il un réel danger pour la contrée de Tellendrach' ?

C'était l'inconnu, je devais l'admettre. Cependant, s'il y avait un tribut à verser, j 'étais prête, moi, à aller voir ce à quoi il ressemblait.

Si mon corps d'Elfe avait peine à continuer à se mouvoir de la même façon pour remplir son éternel labeur, mon âme se sentait appelée à faire un mouvement bien à elle pour briser une écorce, celle d'une invisible prison…

Des larmes perlèrent sur mes joues, elles étaient couleur d'automne.

Le cœur lourd mais en même temps empli d'un étrange feu, c'est ainsi que je me suis dirigée vers la clairière des Grands Chênes. Saurais-je y dire aux miens le parfum d'une liberté nouvelle ? L'idée-même de l'audace était à inventer... Le risque nous était tellement inconnu !

Je ne pouvais compter que sur la force et la sensibilité des ¨images d'âmes¨ que je serais capable d'émettre car nombre de concepts que je ne faisais moi-même que découvrir ne s'énonçaient pas dans notre langue.

Définir la liberté que je pressentais, c'était comme vouloir définir le Soleil qui donne vie à tout et à tous... Qui peut ¨vouloir¨ lorsqu'une seule et unique force nous a toujours poussés dans la même direction ?

Apprendre à vouloir devait être mon défi et même notre défi commun !

Plongée dans mes pensées, j'ai enfin aperçu le petit groupe de mes amis assis près de la rivière Elmerach', dans l'intimité de la clairière où nous avions coutume de nous retrouver.

Celle-ci m'est apparue dans sa robe herbeuse aux reflets lunaires d'un vert aqua teinté de flammèches d'or. Leurs atomes scintillaient de présences amies...

Oui, j'aimais ce décor qui exprimait un jaillissement de vie absolument inouï... Tout son charme embaumait et respirait la saison verte. Les herbes étaient déjà hautes et les arbres si puissants et démesurés !

La rivière, elle, y coulait joyeusement tout en éclaboussant de gouttelettes vaporeuses les aubépines rosées et les passiflores pourpres qui foisonnaient sur ses bords. Une brume mystérieuse enveloppait tout de sa lumière comme dans un écrin de velours.

Les clapotis d'Elmerach' liaient nos bosquets de feuillus jusqu'aux grands conifères mauves qui s'élançaient plus loin jusqu'aux Contrées de l'ouest... celles d'Arwingelys'.

Assis sur son grand quartz bleu déjà marqué d'innombrables sillons laissés par le défilé des saisons elfiques, Erdwinn semblait avoir entamé une discussion animée avec ma sœur Gwandenn.

Talisenn, elle, restait en retrait... C'est elle qui m'a d'abord aperçue et m'a adressé un sourire timide. Sans attendre mais avec un brin émotion au ventre, je me suis avancée vers eux.

- « Gwenedys ! Te voilà enfin... j'ai pensé un instant ne plus te revoir tant ce que nous raconte Erdwinn semble grave pour ton âme. Je suis inquiète. Que t'arrive-t-il ? D'où te vient cette révolte ? »

Talisenn et Erdwinn se retournèrent vers moi, le visage crispé par la crainte de ce qui menaçait peut-être notre Monde. Et Erdwinn qui me regardait avec une telle profondeur... comme en attente d'un miracle.

- « Oh, Talisenn... ai-je dit en une longue plainte, mon âme est lourde de sa prison et je suis en pleurs car je ne peux pas continuer ainsi... J'ai besoin de liberté. Sais-tu ce que c'est ?

J'ai besoin de voir et d'expérimenter le choix et non pas de subir ! Mon âme a soif de connaître et je ne peux plus éteindre en moi cet appel étranger à notre loi. De qui vient une telle loi ? Dis-le-moi...

Les portes du Monde métallique s'ouvrent et se présentent à nouveau à notre Peuple... Pourquoi les ignorer ou, pire encore, les craindre ? Ne devrions-nous pas nous employer à ouvrir un peu nos âmes vers ceux de l'Extérieur ?

Nous sommes la trame de leur monde de Fer… c'est nous qui générons leur Nature et leur équilibre. N'avons-nous pas aussi un rôle à jouer pour les aider à reprendre leur Terre en mains, à soigner leur univers blessé par les derniers grands tourments ? »

Talisenn m'a dévisagée de ses grands yeux fauves… Je vois encore sa chevelure entourant son fin visage à la peau scintillante…

- « Mais, ma sœur, as-tu compris le message du Grand Conseil à la dernière réunion de cycle ? As-tu entendu le rapport des Veilleurs ? Il nous invite à ne pas nous approcher des Portes qui naissent et à éviter tout contact avec le Monde extérieur… et c'est pour notre propre sécurité. Ne comprends-tu pas les enjeux qui apparaissent en ce moment ? Qu'est-ce qui te prend à te questionner ainsi ?

Pourquoi abandonnes-tu ton travail en pleine saison verte ? Ne sais-tu pas ce qui arrive à celui qui se désintéresse de nourrir la sève de ses bosquets ? Il est dit qu'il perd de sa propre lumière !

Nous ne pouvons pas nous permettre d'arrêter de nourrir la Nature de l'Éther elfique… Cela ne s'est jamais fait. Ne crains-tu pas une réaction de tous les peuples des Devas ?

Douter et soupeser ne sont pas des attitudes saines chez nous. Notre Peuple est en harmonie dans sa façon de fonctionner *en union juste*[1] depuis toujours… et nous sommes heureux de nos collaborations… Chacun, chacune est à sa place, sans envie, ni ambition…

Tu le sais… juste unis pour travailler et œuvrer en Service au Conseil de notre Peuple et pour le maintien de nos Lois ! Notre

---

[1] Union-juste : expression elfique pour traduire les rapprochements affectifs spontanés qui naissent au sein d'une âme-groupe.

vie est un Service à la toute puissante Nature et la dysharmonie du doute n'a jamais habité notre âme.

Les Grands Lumineux veillent sur notre Univers, ils savent mieux que nous, ils protègent son ordre. »

C'était toujours la même leçon… Gwandenn et Erdwinn, jusque là silencieux, se décidèrent enfin à se lever. Main dans la main, je les ai vus se diriger vers Talisenn et moi-même.

Les yeux émeraude de Gwandenn trahissaient à la fois colère et tristesse.

- « Mais, tu es réellement une dissidente Gwenedys ! Tu vas causer de grands problèmes à notre Peuple avec tes humeurs… La pollution des humains est dangereuse. Redeviens immédiatement celle que nous aimons tant ! »

J'ai souri à Gwandenn, même si j'avais mal à entendre son jugement. Comme Talisenn et Erdwinn, elle était terriblement secouée...

Le vent soufflait pourtant une mélopée qui se voulait douce à mon âme, douce comme le miel de l'amour lorsqu'il coule en nous et nous grise tant pendant nos rapprochements amoureux… Étonnamment, je n'avais plus peur.

Mes pensées virevoltaient à tout allure et me donnaient espoir, un fol espoir de les convaincre les uns après les autres… ainsi que tout Tellendrach'. À cette idée, j'étais ivre de joie, comme une Elfe qui rassemblerait son énergie pour faire revenir une âme en son peuple. J'avais désir de Soleil.

Je savais qu'une seule pensée elfique pouvait voyager à la vitesse des battements d'ailes des colibris - si souvent intermédiaires entre les Dévas animaux et nous - et que sûrement d'autres Elfes, quelque part, devaient ressentir le même appel…

Était-ce d'ailleurs moi qui avais perçu le premier ou n'étais-je qu'un relais, parmi d'autres, celui d'une métamorphose ou d'une ouverture appelant tout le peuple elfique ?

Mon corps tout entier s'est mis à vibrer et à pulser… et une véritable musique a jailli de mon cœur. Elle chantait mon espoir de liberté, ma nouvelle dimension à venir. Et cette musique était peuplée de tant de notes jusque là inconnues !

Mes amis se sont rapprochés de moi. Tous ont cherché à se nourrir de ces notes afin de mieux entendre, de mieux essayer de comprendre ce qui était venu troubler ma vie. J'aurais tant aimé les voir contaminés…

Mais quelle était au juste cette Force qui se faisait entendre et que me voulait-elle ?

Pour la toute première fois, je me suis sentie Une avec son Courant tout en étant encore en complicité avec l'Air, le Feu, l'Eau, la Terre. Allais-je avoir le courage d'aller jusqu'au bout pour connaître son nom ? *L'identifier* ? Je n'en savais rien encore, je ne savais absolument rien de ce qui m'attendait.

Oui, j'avais envie de créer librement, de choisir mes propres couleurs d'âme, de briller, de tomber peut-être et pourquoi pas de me tromper… Je voulais aimer autrement, je voulais absolument connaitre…

Dans un dialogue imaginaire, je m'entendais m'adresser à mes amis et à ma famille d'âmes tout entière.

« Pouvez-vous me comprendre ? Je suis fatiguée d'accomplir toujours les mêmes gestes fixes sans jamais en changer… sans jamais entendre une autre musique que la nôtre. Être vivante avec tout ce que la vie nous offre…

Ne sentez-vous pas une flamme en vous ? Une petite flamme différente qui veut apprendre ?

Quelle est notre origine et qu'elle est l'origine de ce que nous disons être notre perfection ? Son harmonie ne serait-elle pas une illusion pour nous anesthésier au cœur-même de notre conscience d'être ?

Toi, Talisenn, toi Gwandenn et toi aussi Erdwinn, n'êtes-vous pas curieux de savoir ce qui pourrait se passer si nous n'écoutions pas la mise en garde du Conseil ?

Les humains sont un règne *frère* du nôtre… Devons-nous les ignorer ? Vous savez bien aussi que, depuis le Grand Tumulte, la contrée de Tellendrach' ne permet plus d'autres naissances car le sol du Monde de Fer de l'Irlande est de notre Clan géographique et que nous sommes atteints par sa souffrance.

Oui, sans l'admettre, nous souffrons à notre tour car nous cessons de porter d'autres naissances et de pouvoir œuvrer nombreux en service aux Grands Lumineux. Nous oublions qu'ils ont voulu faire de nous les Tisserands du monde et ce que cela implique vraiment !

Notre Peuple est menacé par un Tumulte… et pas celui que vous pensez. Croyez-moi, nous n'y échapperons pas !

Je ne vous dirai pas que les hommes sont parfaits là où ils sont liés à notre Contrée… Nous n'avons qu'à entendre les gémissements et les vacarmes qui montent de leurs appels. Ils sont désespérés… Que de sang, que de morts !

Et pourtant, j'ignore pourquoi, j'entends que ces créatures ont foi en ce qu'ils nomment leurs dieux et je comprends que celles et ceux qui se relèvent de leurs épreuves le font par leur foi. Ils traversent des doutes mais cette foi m'interpelle, me touche au plus profond de mon être. Je suis curieuse de la connaître... Pas vous ?

Je t'ai déjà vue, Talisenn, approcher le Sas, toi aussi... Tu y entends les plaintes. Ne le nie pas !

Ici, j'ai désormais l'impression d'être emprisonnée et que mon âme étouffe...

Oui, elle rapetisse parce qu'elle ne peut jamais expérimenter davantage ce que je devine être maintenant le... ¨plus grand que tout¨.

Depuis la Grande Secousse, je sens ses courants lumineux venir me visiter... J'ai voulu ne pas y croire mais... Pour comprendre *du dedans* le Sacré que les Grands Lumineux insufflent en nous ne faut-il pas pouvoir expérimenter... la différence ?

Je brûle de cet Appel et je marcherai jusqu'au bout pour le rencontrer. J'ai besoin de m'ouvrir et je vous voudrais assoiffés comme moi. Je sais... Le Conseil n'approuvera pas, ma famille non plus, mais je ne suis plus dans la crainte. »

- « Gwenedys, ma douce, a alors murmuré Erdwinn qui avait tout capté de mon monologue intérieur, oui, j'ai foi dans le fait qu'une Force parle par toi... Moi-même, je me sens parfois étrangement touché par ce qui ressemble à un Appel. »

Devais-je croire Erdwinn ? Son ouverture était si soudaine... Il fallait que je m'isole un peu et rejoigne mes feuillus.

Je me suis donc retirée mais, hélas, je n'ai pas pu ¨fermer mon regard¨ ni trouver le moindre repos. Il me fallait absorber l'essence de nos échanges. Oui, j'étais blessée d'avoir été ainsi agressée et trop de pensées se bousculaient en moi.

Les avais-je convaincus ? Erdwinn était-il sincère ? Je pénétrais mal son âme. Je ne savais plus, l'avancée de la saison me le dirait…

Il me fallait m'abandonner à la Force qui me parlait… mais une angoisse me reprenait au ventre, témoin que je m'étais vantée en affirmant un instant ne plus rien craindre.

Il suffirait sans doute d'un peu de patience…

N'y tenant plus, j'ai enfin décidé de me diriger discrètement vers le Sas principal de notre Contrée de Tellendrach'… le Grand Portail vers l'Extérieur dont je connaissais bien l'emplacement.

Il fallait que je l'expérimente et puis, tout simplement, que je vive.

Les courants de la lumière m'y ont immédiatement menée. C'était si simple ! Le Trou d'Intemporalité m'est aussitôt apparu. C'était la première fois que je m'autorisais à l'approcher de si près.

Un grand vent y tourbillonnait, il soulevait des volutes d'étoiles iridescentes, des crépitements et faisait monter des sons que je ne connaissais pas. Je n'ai pas attendu ni réfléchi davantage… J'ai senti une pulsion en moi, j'ai fait un pas, puis deux pour en passer le Seuil… jusqu'à ce que je ne perçoive plus rien, ni lumière vivante, ni mouvement ou musique d'âme.

C'était la suspension de tout et enfin… une sorte de douce explosion. Tout s'est ouvert ! N'était-ce pas plus difficile que cela ?

Je me suis retrouvée dans la pénombre d'une forêt de feuillus et de conifères semblables aux nôtres mais moins… moins… Le mot ne me venait pas. Les végétaux y sentaient bons… pourtant, on aurait dit qu'ils ne dégageaient pas tout leur parfum, que celui-ci était bridé.

Tout était, me semblait-il, en ¨retenue¨, en ¨demi-respiration¨, presque en asphyxie.

J'ai voulu y hasarder quelques pas... Ils ne glissaient pas ainsi que ceux qui étaient miens, que ceux dont nous, les Elfes, avions l'habitude. La moindre des herbes, le plus petit caillou accrochaient à la plante de mes pieds.

Sans le vouloir, je me suis mise à penser à mon corps, à mon apparence.

Où était ma pleine lumière ?

Un instant, je me suis sentie presque dépouillée d'elle. Alors, en une sorte de réflexe, ma peau s'est mise à secréter un autre tissu que le sien comme pour se protéger, comme par pudeur... un sentiment jusqu'alors inconnu de moi, de notre Peuple.

Ce tissu m'a enveloppée à la manière d'une robe. Il était semblable à ce que appelions un ¨vaporeux¨, un voile de brume couleur de l'émeraude.

Bien vite, j'ai trouvé une sorte de sentier sous les frondaisons. Des libellules, des papillons y virevoltaient. J'y ai même reconnu deux lapins qui semblaient m'observer derrière les hautes herbes, près d'une roche. C'était la toute première fois que je pouvais voir aussi clairement des insectes, des animaux.

Dans mon Monde, ils n'étaient que des lumières de passage, des présences fugaces.

Nous ne pouvions capter que les reflets de leur âme lorsque leur corps dormait et que leur conscience s'en échappait doucement...

J'ai mieux cherché les lapins du regard, je me suis avancée vers eux… C'était si nouveau ! Étais-je à ce point densifiée, à ce point vivante sur la Terre de l'Extérieur pour qu'ils me devinent réellement ? Je n'ai pas eu à en douter longtemps.

Le mouvement vif de leurs narines tendues dans ma direction me l'ont fait confirmé.

Une chouette m'a fait sursauter en me fixant de ses grands yeux jaunes tandis que des papillons voletaient en une ronde folle… Leur vivant petit règne frère paraissait vouloir me témoigner son amour.

Oui, il y avait une vraie vie ici aussi… pas seulement de la lourdeur et du sang comme nous le racontait le Conseil…

Un bref sentiment de bonheur mêlé d'une goutte d'inquiétude et d'une infinie curiosité a pris place en moi. Ainsi j'avais *vraiment* osé passer la Porte… Alors, il fallait que je me laisse aller un instant pour trouver un lit d'herbes tourbillonnantes ou de lichen, pour savourer et humer le mystère de l'autre côté de mon Monde.

Enfin, allongée sur un tapis de moussus, je me suis accordée une respiration de silence, l'âme heureuse d'avoir réussi un premier pas vers ma liberté…

Tout à coup, j'ai eu l'impression d'être suivie, non pas par mes nouveaux amis animaux mais par une présence qui m'épiait… d'arbre en arbre…

- « Dame des Hauts Bois… Dame des Hauts Bois… »

Cette voix comme un murmure ou une hésitation est venue me chercher en profondeur. Y avait-il quelqu'un ? Était-ce à moi que l'on s'adressait ?

Mon cœur s'est mis à battre autrement, j'étais fébrile... *On* m'avait donc vue ?

Poussée par mon âme, je me suis redressée délicatement, comme un fantôme en ce monde qui n'était pas mien et une petite voix s'est fait entendre en moi : *« Et maintenant, comment vas-tu revenir dans ton Monde, Gwenedys ? Pourras-tu repasser le Sas ? Sais-tu seulement où tu es ? »*

Cela a suffit à m'affoler et je me suis retournée à la vitesse de ma pensée.

Le Portail était toujours là, telle une lueur frissonnante, près d'une touffe de feuillus, sur le côté du chemin. Toujours inquiète, je me suis projetée vers son Seuil...

Il semblait y avoir comme l'ombre d'un humain à proximité... et sa longue chevelure était rouge. C'était bien un homme !

Sa voix parvenait jusqu'à moi... Je n'en comprenais pas la langue mais je percevais télépathiquement le sens de ce qu'elle tentait de transmettre. Elle continuait de crier : « Dame des Hauts bois, Dame des Hauts bois... ne me crains pas ! »

Sans trop savoir comment, mes pas ont franchi le Sas en sens inverse et je me suis retrouvée instantanément dans le décor que je connaissais. J'étais revenue chez moi, parmi mes feuillus.

Essoufflée mais heureuse, je me sentais désormais différente... Alors, c'était tout ?

« Dame des Hauts bois ! » avait dit la voix... Était-ce vraiment à moi que l'on s'était adressé ?

Chapitre 3

Dame des Hauts Bois

Pendant un moment, je n'ai su que faire…

Fallait-il simplement que je retourne œuvrer dans mon bosquet maintenant que j'avais osé ? Arrêter là ma rébellion ?

Je me connaissais trop pour savoir que c'était impossible car le vrai Portail que j'avais franchi était d'abord en moi.

Je me suis alors laissée glisser ici et là parmi les feuillus de mon bosquet afin de tenter de terminer l'œuvre de la saison verte et vérifier l'état des bourgeons. N'était-ce pas urgent ?

Mais mon âme, elle, était à la fois vide et pleine, prête à tout, ne sachant même pas s'il lui fallait partager avec ses semblables ce qui n'était peut-être rien d'autre qu'une brève escapade.

Serait-il possible, de toute façon, de cacher celle-ci ? Les âmes elfiques sont tellement poreuses !

Il était certain qu'Erdwin devinerait tout, lui qui lisait si facilement en moi. Il capterait mes pensées et mes images d'âme commenceraient alors à se propager un peu partout sur la Terre de Tellendrach'... pour clamer ma faute et ma dissidence.

Les Veilleurs ne cessaient de nous répéter que les hommes de l'Extérieur savaient retenir leurs pensées en eux et en créer de trompeuses. Ils appelaient cela ¨mentir¨.

Jusque là, je n'avais pas bien compris ce que pouvait signifier pour le Peuple elfique la notion de mensonge car, pour lui, elle demeurait floue. Elle pouvait être pressentie mais pas vécue donc pas éprouvée.

Je me suis vraiment rendu compte que les Elfes n'avaient jamais, jamais eu d'autre choix que de transpirer la vérité figée de ce qui les habitait.

Fallait-il y voir une qualité... ou une fatalité qui entravait leur libre-arbitre ?

C'est en pensant à tout cela, en le remuant au fond de moi, que j'ai eu la soudaine impression que l'espace de notre cœur ou de notre âme ne nous appartenait finalement que très peu, qu'il était tout petit pour chacun d'entre nous.

C'était une révélation troublante...

Si notre âme était si ¨poreuse¨, si elle laissait parler tout ce qui l'habitait, le seul fait de croire en notre individualité n'avait alors pas beaucoup de sens. Là aussi, où était notre liberté ?

Pour continuer à oser, à m'aventurer davantage dans mon propre sas, faudrait-il dès lors que j'apprenne le mensonge ? La liberté à laquelle j'aspirais passait-elle inévitablement par l'apprentissage de la dissimulation ?

Sous les frondaisons qui abritaient ma réflexion, je me suis sentie bloquée, incapable de décider.

Tout était beau ici… Mes sœurs, mes amis avaient raison dans leur façon de voir. Je devais être atteinte d'une maladie car cet état que je découvrais semblait vouloir me pousser indéniablement à quitter ce coin de forêt où, l'espace d'un instant de ¨folie¨ j'avais su faire le pas vers la Terre des hommes.

Je me suis retournée sur moi-même. Il était toujours là, à faible distance, ce Passage dont je finissais par me demander s'il était fait de lumière ou d'ombre.

La liberté était-elle ténébreuse ? La liberté avait-elle besoin de nous imposer la dualité, l'incertitude ? J'essayais de le comprendre, ce doute qui était si étranger à ma nature, mais c'était comme risquer un saut dans le vide.

Pas de guide, rien de solide à quoi me raccrocher !

Soudain, il m'a semblé deviner à distance une forme sombre au cœur même du Sas, une silhouette imprécise animée d'un léger souffle…

Je m'en suis rapprochée sans l'avoir même souhaité, comme dirigée par une pulsion d'âme. C'était plus fort que ma volonté d'Elfe. C'était… une Volonté venue du Destin !

- « Dame des Hauts Bois, Dame des Hauts Bois… »

J'ai frémi… C'était la même voix, c'était le même appel que celui qui m'avait surprise de l'autre côté du Portail…

L'homme m'avait-il suivi ? Cherchait-il à le faire ? Un humain du Monde de Fer serait-il, lui aussi, attiré par le Portail ? Était-ce possible ?

J'ai pris peur et j'ai senti toute ma lumière d'âme s'éparpiller… Il fallait absolument que je m'éloigne…

Je n'en ai pas eu le temps. Une silhouette s'est tout à coup précisée et a émergé du ¨Tourbillon d'entre les Mondes¨.

Le Conseil nous avait bien prévenus en énonçant cette stricte vérité : le Sas pouvait parfaitement s'ouvrir du Monde métallique vers le nôtre !

- « Dame des Hauts Bois ! » s'est encore écrié la voix.

Effrayée, je me suis accroupie dans mes feuillus, espérant ne pas être vue et priant pour que ces appels n'aient pas alerté mon peuple.

L'homme aux cheveux rouges était bien là, hagard, vêtu de tissus que je ne connaissais pas et bardé de lanières en peaux d'animaux. Un homme de l'Extérieur, une créature du chaos comme les nommaient les Veilleurs ! Il y en avait un, là… Et c'était moi qui l'avais peut-être attiré.

L'odeur de l'homme était forte et mon cœur lourd d'angoisse. Que faire ? Toujours accroupie, j'ai pu voir son visage qui cherchait je ne savais quoi au-delà du paysage de Tellendrach'…

La lumière bleue pâle enveloppant ma forêt ainsi que les parfums de vie qui se dégageaient des herbes et des moussus transportés par les vents paraissaient troubler sa vision et ses sens.

Mes yeux ont tout fait pour capter son regard… Il avait peur, lui aussi.

À cet instant précis, l'homme a commencé à deviner ma présence. Était-ce en humant l'air ? On disait pourtant qu'ils avaient l'odorat si pauvre…

Un bruit léger, un bruissement dans les feuilles de mon bosquet s'était déplacé avec la brise, transportant malgré moi mes senteurs jusqu'à lui. Totalement crispée, j'étais incapable de faire le moindre mouvement. En dépit de ma hardiesse, je craignais l'humain et je me demandais si d'autres de l'Extérieur étaient en route à sa suite…

- « Je sais que tu es là, tu n'as rien à craindre de moi… »

J'ai frémi de tout mon corps… La sonorité qui montait de l'intrus m'était étonnamment agréable… Elle était grave et retentissante. Je l'ai sentie dans mon ventre. Une petite flamme me brûlait de l'intérieur, aurait-on dit, et je ne comprenais rien de cette nouvelle perception. Un sentiment inconnu, non répertorié. Une espèce de joie secrète naissait…

Même si le langage du Monde métallique m'était étranger, beaucoup trop lent et hésitant pour ma vibration, je continuais à le comprendre télépathiquement, par images limpides et sans effort.

- « Je suis venu en réponse... à ta tristesse et conformément à l'ancien Pacte, a repris l'étranger. Que veux-tu de moi ? »

Intriguée par ce que l'homme venait de dire, poussée par une ultime audace, je suis lentement sortie de mon abri puis je me suis approchée de lui, le cœur battant à tout rompre et explosant de mille rayons.

Il fallait que ma chevelure m'entoure de ses scintillements protecteurs. Je la voulais semblable à une armure pour dissimuler mes yeux inquiets et trop pleins de ce qui venait d'être dit. De quel Pacte s'agissait-il ?

- « Homme… C'est moi qui te demande qui tu es et ce que tu me veux ! Tu es dans mon Monde et tu n'y es pas le bienvenu. Que cherches-tu ? »

- « Toi… Dame des Hauts Bois »

- « Moi ? Comment oses-tu ? Je ne suis pas Dame des Hauts Bois, je suis Elfe de l'Air et on m'appelle Gwenedys de la contrée de Tellendrach'. Mon monde est étranger à la lourdeur de ta langue et aux odeurs qui te suivent… Et toi, quel est donc ton nom ? »

L'être aux cheveux rouges s'était avancé vers moi et une autre odeur puissante est montée de lui. Elle a failli me faire fuir… Sous ses sourcils broussailleux, l'homme avait les yeux verts et une grande cicatrice traversait sa joue droite. Son visage, quant lui, me paraissait couvert de poils…

Selon ce que je savais de l'humain, celui-ci devait avoir une vingtaine d'années du Monde de Fer. Une fougue inconnue de nous l'habitait à coup sûr car il me dévisageait avec une curieuse passion, le regard animé d'un feu que je ne connaissais pas.

- « Je suis Baldrinn, de Galda. Comme toi, j'observais le *Cercle aux fées*. J'y suis venu souvent et je t'ai enfin surprise dans ma forêt… Je t'y ai vue, Dame des Hauts Bois. Les Hauts Bois sont le nom de mes terres.

Depuis les derniers grands tremblements, tout le monde le sait, votre Monde semble s'être rapproché du nôtre… et je me suis senti appelé. »

- « Comment as-tu su passer le Grand Portail et de quel ancien Pacte me parles-tu ? Explique-toi ! »

L'humain aux cheveux rouges me fixait toujours de son regard à la fois émeraude et ambre… Il avait peur, bien évidemment, mais il cherchait à me le cacher.

Mon cœur battait toujours à tout rompre dans ma poitrine. C'était l'appréhension d'être vue auprès de l'intrus.

J'ai hésité… puis, enfin, j'ai refusé d'écouter ma crainte pour ne me fier qu'à cette petite flamme en moi qui brillait plus intensément que jamais. Peu à peu, je me suis rapprochée prudemment mais davantage encore de l'homme afin de mieux prendre contact avec son regard et pour que nous puissions peut-être échanger plus profondément nos pensées.

- « Raconte-moi ce qui t'a amené ici… Tu sais que ce Monde n'est pas le tien et que tu n'y as pas été invité. Le Conseil nous avait prévenus… Je vois qu'Il n'avait pas tort.

Sache que les humains qui sont venus en notre Contrée de Tellendrach' par le passé ont toujours semé désordre et chaos. C'est en tout cas ce qu'affirment nos Anciens.

S'ils te repèrent, nos Veilleurs te prendront bientôt en chasse. Tu es prévenu… »

- « Laisse-moi te raconter mon histoire, m'a alors répondu l'homme, d'un ton plus doux… Je te le répète, tu n'as rien, vous n'avez rien à craindre de moi.

J'ai traversé le *Cercle des Fées* aidé par le rituel magique de deux prêtresses et d'un vieux Druide. Comme toi, nous avions aussi observé ce Passage, nous savions que ton Monde essayait de le voiler au nôtre pour se voiler lui-même. Et puis surtout, je t'ai aperçue sur mes terres… »

- « C'est donc moi que tu as vue avant tout ? »

- « Oui… »

- « Comment… m'as-tu vue ? »

- « Je t'ai vue, toi, belle Dame, la plus belle qui soit pour le cœur d'un homme tel que moi. Depuis, tu n'as plus quitté mes pensées ni mes rêves car je crois au destin qui marque les routes…

Tu traversais la ¨Clairière aux Cimes¨ des Hauts Bois, toute habillée d'une robe d'un vert si tendre… un vert de la couleur des premiers bourgeons du printemps.

Oui, tu étais là à quelques pas devant moi… Volatile et d'une blondeur indescriptible, une blondeur… Je ne sais encore comment la décrire.

J'ai aussi perçu ta tristesse… Tu étais pareille à un lys transparent et fragile avec ta peau pâle et miroitante, comme si elle était éclairée par la Lune. Je me demandais pourquoi tu te tenais ainsi, droite et longiligne, douce et rêveuse… Et enfin, tu t'es allongée dans les fougères…

Ma poitrine éclatait et mon cœur criait : « Dame des Hauts Bois, Dame des Hauts Bois ! Quelle est donc votre tristesse ? »

Au son de ma voix, tu t'es relevée, tu le sais… et tu t'es enfuie en traversant à nouvcau lc ¨*Cercle aux Fées*¨…

J'ignorais si tu étais humaine ou si tu appartenais à un rêve… mais mon cœur s'était mis à désirer ardemment te revoir. C'était un appel si puissant qu'aucun de mes amis des Haut Bois n'a pu me retenir…

J'ai laissé passer quelques semaines et puis, sans réfléchir, j'ai enjambé l'espace… là, dans le Cercle d'herbes lumineuses et tourbillonnantes où je t'avais vue disparaître…

C'était comme un geste de désespoir mais j'étais poussé par une force que je n'avais jamais connue auparavant. Je savais que je devais traverser… Peu importait ce qui allait se passer, je ne pouvais vivre sans retrouver la Dame des Hauts Bois. M'avais-tu ensorcelé ?

C'était une douce possession… un espoir fou, comme un songe que je voulais toucher de l'âme... Comprends-tu ? »

Il fallait avant tout que je me contienne, que je ne laisse rien transparaître de ce qui me touchait.

- « Un Appel… dis-tu ? Tu me parles d'un Pacte ancien… De quelle entente s'agit-il ? Aucun Pacte n'a jamais existé entre une âme du Peuple elfique et une âme du monde humain. »

- « Je ne sais comment te l'expliquer… Je pense que j'ai été réveillé à ce Pacte par un appel de notre Grande déesse Dana[1] et par le dieu Esus[2]. J'appartiens au peuple des Tuatha de Dana, je suis chef du Clan des Tuatha »

- « Des dieux... ? Mais que veux-tu dire exactement par dieux ? Nous, les Elfes, ne connaissons pas ce principe étrange que nous savons pourtant cher aux humains; nous honorons les Grands Lumineux… Comment tes dieux pourraient-ils conclure un Pacte pour toi et nos peuples avec nos Grands Lumineux ? Tu veux introduire le trouble en moi ! Ce monde est limpide et bien ordonné… et toi tu y mélanges tout !

Tu dis m'avoir suivie comme si tu me voulais, comme si tu pouvais me capturer pour toi seul et puis aussitôt tu me parles d'un Pacte et de tes dieux qui ne signifient rien à mes yeux. Tu dis aussi que tu es chef… C'est toi qui te déclares ainsi avec des reflets d'âme mi ombre mi lumière ? »

- « Ne vas pas si vite… m'a répondu l'homme. Ne pense pas si vite ! Tu m'envoies des images qui sont pour moi comme de longues phrases et ces phrases viennent me frapper durement. Je

---

[1] Cette Déesse appartenant à la culture celte est la mère de tous les dieux et des humains. Elle représente le Principe féminin.

[2] Esus est une divinité presque indéfinissable dans ses caractéristiques profondes et ses attributs. Il représente néanmoins le Divin dans sa globalité et est associé au symbolisme de la Terre.

voulais seulement te parler de l'amour que tu as fait monter en moi... »

- « Que dis-tu ? Qu'est-ce que cette sorte d'amour ? »

Je venais de capter l'idée d'une possession, d'une espèce de toile d'araignée. L'homme semblait vouloir parler d'un soleil en lui mais je n'en voyais pas de semblable chez nous les Elfes. Voulait-il parler de ce sentiment d'union qui s'installait dans notre Monde entre deux... sortes de couleur ou de parfum qui s'attirent spontanément et sur lequel nous ne pouvions pas vraiment intervenir ?

À nouveau, j'étais incommodée par l'odeur qui se dégageait de celui qui disait s'appeler Baldrinn. Peut-être était-ce parce qu'il savait mentir et dissimuler qu'il ne sentait pas bon ?

Je me suis demandé si son état était contagieux, si l'homme n'allait pas me pervertir et m'inciter au mensonge ou à la déviation par sa seule incapacité à comprendre vraiment ce que je lui disais.

Je n'allais tout de même pas modifier ce que j'avais à lui dire et apprendre à empester !

- « Tu ne m'aimes pas... je le lis dans ton regard. Alors, dis-moi comment repartir... »

- « T'aimer ? Mais qu'est-ce que cela signifie au juste pour toi ? Je ne te connais pas et je suis non-humaine ! Va par là où tu es venu... et de la même façon que tu m'as suivie...Va-t-en ! »

Le dos courbé par la dureté des sons qui claquaient à la vitesse de mes images d'âme et visiblement accablé d'un chagrin que je ne saisissais pas, l'homme aux cheveux de feu s'est enfin retourné vers le Portail.

- « Mais… Je ne vois plus cet endroit ! »

J'ai plongé mes yeux dans les profondeurs bleues de ma forêt, j'ai projeté mon regard à travers mes feuillus. L'homme avait raison. Où était passé le Sas ?

Les lunes du quatrième monde, celles des Gnomes, étaient-elles à l'action ? Il y avait si longtemps que ce n'était pas arrivé… C'était la seule explication.

J'ai pris peur car j'ai compris que je n'avais plus de contrôle sur ce qui venait de s'enclencher… Nous, les Elfes avions souvent été confrontés par le passé à ce phénomène contre lequel nous ne pouvions rien.

Les créatures de l'Éther des profondeurs de la Terre, les Gnomes, ont toujours joui d'un étrange privilège… celui de savoir jouer avec ces sortes de courants de lumière que nous appelions ¨les routes internes¨.

Nous parlions aussi de ces courants de vie comme d'un ensemble de rivières cristallines dont ils changeaient le cours, disaient-ils, à la demande des Grands Lumineux.[1]

C'est lorsque deux de ces rivières se croisent qu'apparaissent les Sas entre les mondes du Milieu et celui de l'Extérieur… Mais lorsque de tels croisements ne se font plus aux mêmes endroits, toutes les Portes bougent et nous déclarons alors que c'est la faute des lunes du ¨quatrième monde¨.

Il a toujours été difficile pour les Elfes d'en comprendre le rythme et la raison exacte.

---

[1] Il faut comprendre ici que ces rivières cristallines - ou rocailleuses - correspondent à ce qu'on appelle les ¨nadis de la Terre¨, ou encore ses ¨méridiens¨. Ceux-ci sont sous-jacents aux lignes de force telluriques qui parcourent la planète et se déplacent périodiquement, la plupart du temps à petite échelle.

Un véritable chaos s'installait en moi... Que faire ? Était-ce cela la résultante définitive de mon beau désir de rébellion ? Cela voudrait-il dire pour moi avoir éternellement peur, me cacher... me sentir traquée ?

Erdwinn m'avait pourtant prévenue, et mes sœurs aussi... Pourquoi n'avaient-ils pas plus insisté pour me rappeler la grandeur de notre Union elfique, de notre pensée unique globale, collective, rassurante... ciment d'une société qui ne laissait sans doute que très peu de place à l'individualité mais qui nous rassemblait en harmonie et sans dissension possible ? Pourquoi ?

C'était peut-être un bonheur factice parce qu'obligé... mais tellement doux !

Et même si les pièges de l'Unité qui cloisonnait et bridait le développement de notre conscience étaient réels... cela valait certainement mieux que mes folles idées de connaître les êtres du Monde métallique et de porter une lourdeur qui ne sèmerait que confusion et doutes en mon âme.

Les Grands Lumineux m'avaient-Ils devinée ? Certainement puisque les Gnomes avaient détourné la Porte conduisant au monde métallique. Torturée et pétrifiée, je ne savais où donner refuge à l'intrus maintenant que le Portail avait disparu. Le cacher était impératif. Il ne fallait surtout pas qu'on le flaire...

Au loin, au nord de mes bosquets, je voyais l'Anneau des Grands Chênes Blancs de Tellendrach'... Une petite source y coulait à partir d'un amas rocheux en faisant apparaître à ses pieds un étang d'une extraordinaire limpidité.

Quelques pierres en émergeaient, recouvertes de mousses duveteuses et de lichens... Un ruisseau en naissait timidement et s'échappait vers la Contrée nord. C'était tellement beau et secret ! Les Veilleurs ne s'y aventuraient pas en saison verte, ils avaient à faire ailleurs...

L'homme m'observait, silencieux, et moi je lisais l'inquiétude grandissante en lui.

- « Je voudrais retourner vers mon monde… les druides doivent m'y attendre. »

Je n'ai pas su quoi lui répondre. Je devais avoir l'air aussi perdue que lui, incapable de lui dire quoi faire et craintive à l'idée de me faire emprisonner par la ¨toile d'araignée de son âme¨.

-« Vas-t-en ! » ai-je fait, une fois de plus.

Mais, en disant cela, je sentais que je perdais de ma propre lumière. En ce monde, nous n'étions pas naturellement des êtres de peur, des créatures de dualité; nous avions pour mission l'harmonie… L'égarement n'était pas pour nous. Alors, d'où me venaient ces sentiments d'angoisse et presque de panique qui m'oppressaient ? Étais-je en train de m'humaniser ?

Piégée… Oui ! J'étais à coup sûr piégée par ma propre curiosité ! Mon irrépressible désir de développer ma conscience allait-il devenir ma prison ? En voulant explorer de nouveaux concepts pour débrider mon besoin de réflexion, j'allais peut-être me coincer entre deux mondes… un peu humaine mais encore Elfe.

Le désespoir m'a envahie, une vague m'a noyé l'âme… Je devais être certainement livide.

- « Dame des Hauts-Bois… » chuchota l'homme.

- « Je suis Gwenedys ! Je ne suis pas la Dame de tes Terres et tu n'es pas mon maître ou je ne sais quoi ! Je ne crois pas à Dana ! Tu es venu dans mon Monde et il n'y a plus de Porte pour que tu puisses repartir vers la Terre de l'Extérieur… Ne le comprends-tu pas ? Tu seras vite découvert et moi, je serai la honte de mon peuple. Le Conseil va me répudier car j'ai désobéi… »

- « Laissons-nous du temps pour réfléchir… Montre-moi seulement où me cacher, le temps que je retrouve le *Cercle aux Fées*… Quand fera-t-il nuit ? »

- « La nuit…? Que veux-tu dire au juste ? Je la devine dans ta pensée mais ne la connais pas… Il n'y a ici que des luminosités différentes qui nous indiquent les passages d'un moment vers un autre. »

- « Alors, quand dors-tu ? Tu n'as jamais besoin de dormir ? »

- « De quoi te mêles-tu ? Sache que nous marquons des pauses dans des lieux choisis par nous pour domiciles… Ils sont faits de clartés qui nous ressemblent. Le mien est là-bas dans un feuillu bleu… Mais pourquoi est-ce que je te raconte tout cela ? »

- « Dis-moi seulement où aller… »

- « Viens, ai-je fait en me demandant si je n'avais vraiment pas déjà trop parlé. Je te conduis vers un abri… là-bas, où il y a l'Anneau des Grands Chênes Blancs. Tu y trouveras de l'eau et des lichens… Tu pourras y dormir, puisque tu en as besoin, boire et te nourrir de racines. Les Veilleurs du Conseil ne s'y rendent pas en saison d'émeraude… »

Baldrinn regarda dans la direction que je lui indiquais. Au-dessus de la cime des arbres, on distinguait le sommet du Grand Anneau.

- « Mais… mais c'est sûrement à deux jours de marche ! »

- « Tes jours de Terre ne sont plus, désormais… Ils ne veulent plus rien dire. Tu es entré dans mon Monde et tu commences à ¨pétiller¨ sur une autre fréquence que celle du tien. Tu changes, tu ne le sens peut-être pas mais moi je le vois… Toi aussi, tu es piégé et si ton odeur s'allège... alors ce sera un bien ! »

Allais-je faire confiance à l'homme aux cheveux rouges ? Moi qui avais cherché la liberté… le choix ne m'était pas donné.

- « Suis-moi… Unis ta pensée à la mienne en cessant de te questionner et de douter et tu n'auras pas à fouler le sol. Ici, il n'y a pas de routes telles que tu les penses et les distances n'existent pas. Nous serons rapidement au Grand Anneau et tu pourras te reposer au bord de son ruisseau, dans les moussus. Ensuite, je brouillerai ta présence et ton odeur par une de mes pensées de brume ambrée. »

- « Tu me laisseras donc seul… Et toi… où iras-tu ? Je ne connais que toi ici… »

- « J'irai à mes feuillus… Mais je reviendrai… Veux-tu que mon absence alerte mes sœurs, les miens… et Erdwinn ? Il doit déjà me chercher car il me connait plus que moi-même… »

- « Erdwinn… ? »

- « Erdwinn est mon compagnon… J'aime son parfum et son rayonnement d'âme. Nous sommes unis. »

Chapitre 4

Entre chaos et lumière

En vérité, lorsque je fouille ma mémoire, je vois aujourd'hui que j'étais infiniment moins forte que je ne voulais alors le paraître. Mais comment agir autrement ? J'étais allée trop loin et tout s'était noué pour que ni l'homme ni moi ne puissions contrôler ce qui se mettait en place.

Nous, les Elfes étions tous destinés à la même chose… Alors, briser consciemment la loi qui nous faisait vivre au même rythme, c'était…

L'idée n'en était même pas claire dans mon esprit. Une trahison peut-être ? Une dangereuse dissidence tout au moins, comme se l'était écrié ma sœur, Gwandenn.

Mon cœur s'est noué dans ma poitrine au seul souvenir de la colère de son regard tandis qu'elle avait prononcé ce mot. Je ne voulais ni trahir, ni mentir aux miens. Je voulais simplement m'ouvrir et connaître autre chose que le ronronnement de notre monde et son ordre établi. Mon âme avait tant besoin de respirer autrement !

Quoi qu'il en soit, je ne pouvais plus reculer.

J'ai rassemblé toutes mes forces et j'ai englobé l'humain dans ma lumière d'âme, mon aura. Je l'ai fait pénétrer au cœur de ma bulle, totalement inconsciente des conséquences possibles d'une telle aventure. Lorsqu'on invite un être dans notre lumière… qui sait ce qui peut arriver ?

J'ai fait un pas encore dans sa direction puis je l'ai fixé entre les deux yeux afin de lancer un pont entre lui et moi…

Alors, j'ai vu que Baldrinn aussi avait son propre rayonnement d'âme, qu'il pouvait également s'ouvrir, écarter les mailles qui tissaient autour de lui une sorte d'armure et que ce rayonnement n'était pas si laid ni si terne que cela… Non, pas si laid ni si terne !

Étais-je la première à avoir une telle audace, à commettre une telle imprudence ? Dans mon peuple, jamais il n'était question d'une possible lumière ni d'une âme digne de ce nom dès que l'on évoquait la Terre de l'Extérieur et ses ¨humains¨.

Mais voilà que le seul fait d'approcher réellement l'un d'eux, l'une de ces ¨créatures de Fer¨ pour l'aider, pour me protéger aussi, pour… je ne savais quoi au juste, m'ouvrait à un constat, celui de la possibilité d'une autre logique que la nôtre.

Pourquoi donc le Conseil nous avait-il dissimulé quelque vérité au sujet des créatures du Monde métallique ? Pourquoi niait-il l'existence de leur âme ? Car, je le voyais, Baldrinn, l'humain, avait une âme et celle-ci me devenait presque douce à contempler !

- « Que me fais-tu …? »

L'homme avait perçu mon trouble. J'avais tendu une main vers son visage et je devinais qu'il espérait en faire autant vers moi…

- « Non, ne me touche pas, toi ! Je lisais seulement ton âme, je ne peux pas t'en dire davantage… Je ne le peux pas ! »

J'ai fini d'envelopper Baldrinn dans mon aura tout en m'efforçant de ne pas penser, de ne pas entrer dans ce qu'il ressentait…

Il n'a pas protesté, comme bloqué dans l'instant, engourdi face à ce qu'il ne connaissait pas. Cela m'a pris le temps d'une gorgée de parfum floral.[1]

Déjà, je le déposais au cœur de l'Anneau des Grands Chênes Blancs. Il était abasourdi et je n'ai pas imaginé pouvoir lui dire plus que « Je reviendrai… ». J'en avais déjà trop fait et je voyais bien sur quel point de non-équilibre je devenais prisonnière de mes velléités de liberté…

Laissant Baldrinn au probable sommeil qui allait l'envahir, je me suis surprise à ressentir profondément en mon ventre une peur viscérale, celle de retourner vers la forêt de Gwerlatanann'[2].

Je savais que les miens m'y attendaient et qu'ils ne manqueraient pas de m'interroger sur mon absence. J'appréhendais ce moment…

Comment leur cacher la probable naissance d'une perception, d'un sentiment dont j'ignorais encore totalement la signification ?

---

[1] Cette image essaie de traduire une sorte d'unité de mesure propre à l'Éther elfique.
[2] Nom d'une des forêts de la Contrée de Tellendrach'.

Est-ce que je dégageais l'odeur de la culpabilité ? Étais-je devenue une vraie rebelle, une traitresse au sein de mon propre peuple ? La rébellion avait-elle d'ailleurs une senteur ?

Je n'arrivais pas à étouffer les images de mes craintes ni à placer le silence en moi… Et je devais absolument cesser cette analyse car je ne pourrais pas retenir plus longtemps le flux de mes pensées.

Mes réflexions rejoindraient mes proches… si ce n'était déjà fait !

Erdwinn était toujours aux aguets lorsqu'il me sentait ¨ailleurs¨ et Astalann, son frère, encore plus intransigeant envers moi. Il n'avait jamais apprécié que je préfère m'unir à Erdwinn plutôt qu'à lui…

Une sorte de jalousie muette l'animait malgré lui jusqu'à parfois ternir dangereusement sa couleur d'âme. Je n'y pouvais absolument rien !

Mes bosquets de feuillus bleus étaient déjà là et, juste au-dessus d'eux, une voûte jaune safran teintait les cieux de notre forêt. Tout semblait si paisible, si parfait ! Comment avais-je pu douter de mon Monde à ce point ? Oh oui, je devais avoir contracté une bien étrange maladie… Avait-elle germé à la seule évocation de ce Pacte ancien dont m'avait parlé l'homme ?

Une ambivalence naissait en moi… Je n'étais déjà plus tout à fait comme les miens.

Baldrinn… Son regard émeraude ne me quittait plus et je sentais une douce chaleur me faire vaciller. L'humain aux cheveux rouges avait fait naître ¨quelque chose d'autre¨ en mon cœur… et la flamme de cette ¨chose-là¨ me consumait un peu plus à chaque instant.

Il fallait que nul ne voie mon trouble. Mentir à ceux de mon peuple ? Comment faire ? Je ne savais pas mentir ! Et mes amis... je les aimais !

Comme d'habitude, je me suis laissée glisser parmi les fleurs en grappes blanches qui marquaient l'entrée de mon bosquet... tout en essayant d'imprégner mon visage des parfums d'une paisible nonchalance, celle qui déjà me paraissait être d'une époque révolue.

Je ne cacherai pas que j'avais le cœur douloureux car ce rôle que je commençais à jouer ne me plaisait pas. Mais comment faire autrement sans mettre la vie de l'homme en péril ? Un étrange état que l'on appelait ¨folie¨ existait, m'avait-on dit, dans le Monde de Fer. Et si j'étais à sa porte ?

Il n'y avait que moi pour aider Baldrinn... J'espérais que rien ne serait découvert avant de trouver une nouvelle issue, un autre Portail vers l'Extérieur.

Espérer ? C'était la première fois que la notion d'espoir naissait vraiment en moi... J'espérais quelque chose ! Espoir, espoir... mais où cela me mènerait-il ? Y avait-il à espérer un espace de compréhension entre mon peuple et celui du monde des hommes ?

Nous étions totalement à l'opposé de leur ordre des choses, de la compréhension de leurs lois et des adorations de leurs dieux, de l'asservissement à leurs guerres...

Ar Danesill', l'Aîné de notre Grand Conseil elfique, nous avait bien mis en garde pour la centième fois : Le chaos, le trouble ! Et plus que jamais, depuis les derniers grands bouleversements, les créatures de la Terre étaient pétries de peurs et d'arrogance au milieu des batailles et du sang.

Rien que pour survivre… et cela à n'importe quel prix ! Leur monde, nous avait-il dit, était donc celui de l'ombre, il ne savait manifester que bestialité, violence et hypocrisie… Rien de Beau ne pouvait venir des hommes !

Ar Danesill' nous mentait-il, lui ? Savait-il le faire sans se faire remarquer ? Est-ce qu'il souhaitait nous façonner pour perpétuer la non-individualisation de nos âmes ? Avait-il pour mission de nous empêcher de saisir le sens de la liberté ?

Nous, créatures de l'Air éthéré, nous travaillions sans relâche et depuis toujours à notre collectivité sans jamais rien remettre en question, sans jamais avoir su ce qu'était simplement oser formuler une question… ni surtout douter !

Croire aveuglément au Grand Conseil qui affirmait agir et tout ordonner selon l'impulsion des Grands Lumineux… Pour moi, ce n'était même plus croire… C'était, me suis-je dit, ne jamais penser, en refuser le principe.

Obéir sans se demander, sans jamais choisir, sans vouloir… Était-ce l'évolution promise à notre conscience ou une obligation non-dite qui menait à un éternel sommeil, à une prison ? Qu'y avait-il de mal à vouloir l'autonomie ? Allais-je créer une fracture irréversible dans la pensée elfique ?

À en croire Ar Danesill', toutes les créatures de l'Éther devaient demeurer dans un immobilisme décidé depuis toujours. Elles devaient à jamais bannir d'elles l'image d'une ¨évolution¨ envisageable.

Mais, là encore… l'Elfe que j'étais se demandait ce que pouvait bien signifier un idéal d'évolution… à moins qu'elle ne finisse par se croire en train d'involuer en ayant approché Baldrinn aux cheveux rouges.

Quelle confusion en moi !

Les yeux de Baldrinn ? Son âme ? J'y avais lu du Beau et du très tendre aussi ! Oui, quelque chose naissait dans mon cœur... Et quel qu'ait été son nom, je n'avais aucune prise sur cette ¨chose¨.

J'ai sursauté lorsqu'Erdwinn est arrivé derrière moi et m'a sortie presque violemment de mes pensées...

- « Te voilà enfin, Gwenedys ! »

- « Tu me surveilles... Erdwinn ? »

- « Nous nous demandions tous où tu étais passée alors ton père, Tiphrad, m'a envoyé aux nouvelles. Nous ne te comprenons plus... Tes images d'âme deviennent indéchiffrables... des rumeurs montent et beaucoup ne captent plus de toi que des interrogations... Nous sommes inquiets car tu nous fuis ! »

Astalann, derrière lui, me regardait tandis que ses lèvres se crispaient. Devant son frère, il retenait des pensées dures mais je voyais les teintes de sa colère et elles étaient indignes de notre monde.

- « Je ne vous fuis pas ! J'ai besoin de m'isoler en cet espace de saison. Je ne t'ai pas caché mes réflexions, Erdwinn, ni à mes sœurs, tu le sais bien. Je ne t'ai rien dissimulé non plus de ce qui me hante, ni de ce qui m'interroge.

Mais... je préfèrerais n'en parler qu'à toi et non pas en présence d'Astalann. Ta surveillance me déçoit... D'où te vient cette attitude ? Tu sais bien qu'elle est presque inconnue de notre Monde ! »

- « Je te sens, je t'entends aussi, Gwenedys, et j'en souffre. Je perçois en toi des pensées et des élans de fer et ton odeur en est forte. Mon cœur s'alourdit... »

- « Erdwinn, tu te laisses tromper par les rumeurs... Ne viens pas me dire que je sens mauvais ! Ce sont tes sombres pensées qui polluent notre air... rien d'autre. Je demeure la même et je me nourris du parfum de l'Éther de notre Monde ! »

Erdwinn hocha tristement la tête et, retenant sa lumière, il me dit :

- « Regarde... La saison rouge arrive à grands pas et toi, tu n'es plus jamais auprès de moi... Tu t'isoles, c'est évident, et ta langue glisse vers une autre.

Nombre de tes proches se questionnent, je te le répète. Bientôt le temps des Grandes Activations[1] arrivera. Il nous offrira son Rassemblement, celui du Festin des parfums végétaux. J'espère que tu y seras... tu y es attendue ! »

- « Laisse-moi ! J'ai besoin de silence... nullement de tes reproches. »

- « Ce que je lis en toi m'attriste, mon Opaline... Je lis ta peur, une appréhension comme un mur que tu construis trop rapidement entre nous. Nous étions si proches... Que t'est-il arrivé ?

Puisque tu me demandes de m'éloigner, je te laisse à ton silence mais sois certaine que tes sœurs ne tarderont pas à se manifester... et je n'y serai pour rien. »

Les derniers mots d'Erdwinn m'ont porté des coups au cœur. J'avais mal... mal pour lui et mal aussi pour mes comportements. C'était un mal si sournois... totalement nouveau pour mon âme et je ne l'avais vraiment pas vu s'installer avec cette rapidité.

---

[1] Les Équinoxes du printemps dans le monde physique sont perçues intensément dans le Monde elfique et sont l'occasion de festivités et de repas d'essences végétales.

J'avais menti, c'était exact… J'en avais fait la soudaine expérience. Menti alors que je ne connaissais pas encore tout ce que cela impliquait et à quel point c'était contre ma nature. Je me sentais tellement pesante dans tout mon être !

Mon monde intérieur venait de basculer, je pouvais sentir l'air perfide de la méfiance. Désormais, plus rien ne serait pareil… j'étais seule et mon inévitable solitude m'effrayait !

En regardant les cieux qui se teintaient de rouge, je me suis laissée flotter ici et là dans la forêt de Gwerlatanann'. Je me sentais épiée jusque dans mon feuillu et j'éprouvais le besoin de mettre des distances entre ceux qui me surveillaient et moi…

Les yeux mouillés, la tête horriblement envahie par mes doutes obsédants, je me demandais si mon corps exhalait vraiment l'odeur forte du Monde de Fer comme me l'avait reproché Erdwinn ou s'il m'avait lancé cette pensée pour me faire mal…

Pouvait-on penser ¨faire mal¨ ici aussi ? Ou alors, c'était moi qui désynchronisais tout.

Un grand cri de douleur s'est élancé des profondeurs du noyau de mon âme, dans cet espace où je m'étais emprisonnée face au miroitement d'un désir ¨d'autre chose¨.

M'étais-je trompée à ce point ? Sans parfums d'Éther, mon âme allait mourir ! Déjà, je manquais de souffle et de forces vives. Je vacillais et je me pliais tel un roseau au moindre souffle…

Une Voix se fit entendre… Elle était de partout cette voix, en moi et autour de moi. Elle était multiple ! À quelques pas de moi, une myriade d'étoiles teintées d'or dessinaient les contours d'une grande silhouette incandescente.

Oui… La Voix venait de sa Présence et c'était à moi qu'elle s'adressait…

C'était, j'en étais convaincue, celle d'un Grand Lumineux. Que cela aurait-il pu être d'autre ? J'étais toute éblouie devant tant de Beauté inattendue, mais également figée parce que terrorisée par ma culpabilité… ou ce qui me semblait en être une.

La Présence s'est bientôt approchée et de puissants rayons lumineux ont commencé à irradier de Sa poitrine. Ils m'ont totalement entourée d'une grande sphère blanche… et je me suis sentie tellement bien dans leur Amour que je m'y serais volontiers abandonnée pour y vivre une fin douce et paisible. *Ma* fin… peut-être…

Ainsi, un Grand lumineux avait su entendre ma détresse… C'était la toute première fois que j'avais un contact avec l'un d'entre Eux. Il y en avait donc un qui avait deviné la déchirure en moi, qui avait capté la profondeur de ma détresse !

Peut-être l'humain disait-il vrai en me parlant de l'ancien Pacte avec Dana… Un Appel s'était manifesté, même si je n'en comprenais pas tout le sens.

Simultanément, un vent doux est venu balayer mon visage et la Présence a soufflé dans ma bouche. Je me suis accroupie, m'accrochant aux brindilles sur le sol pour ne pas tomber tant j'étais émue.

La Voix a alors repris…

- « Gwenedys… Écoute-moi ! Ton âme est lourde d'avoir accueilli en ton peuple une âme du Monde de Fer. Mais de quoi te culpabilises-tu ? D'apprendre à aider… d'apprendre à aimer ? Rendre hommage à la matière dense tout entière, à toutes ses lourdeurs, ses mensonges… c'est un terrible défi pour une Elfe de l'air, mais pourquoi ne faudrait-il pas le relever ?

Tu voulais apprendre le libre-arbitre puisqu'il est porteur de Lumière… Alors, pourquoi pleurer sur ce qui a été ton choix ?

Ce choix et le libre-arbitre, comprends-le bien, sont en eux-mêmes illimités au contact de l'Intelligence de la Vie et de sa Sagesse. Ils s'autorégulent face au respect de la différence. Apprends à te dilater et à esquisser en toi ce qu'est l'Amour qui s'ouvre.

Ce que tu ressens, c'est la flamme du ¨Désir de Soleil¨... N'est-ce pas ce qui vibre en tout ton être, cette soif de Soleil ?

Ton âme a soif... Alors donne-lui à boire ce qu'elle réclame. Ne retiens rien de tes élans ! Un nouveau Souffle est en train de fleurir en toi pour apaiser ce beau besoin que tu ne peux plus taire.

Tu crois que ton Monde explose mais détrompe-toi, c'est simplement pour mieux aimer encore que tout ceci est ! Ta rébellion est noble puisqu'elle porte la lumière de ce qui te dépasse.

Elle vous fera grandir, toi et les tiens... Tu as demandé ce Souffle et je t'ai entendue. Je suis venu te le dire pour que tu sortes de cet état de tourment.

N'attends plus... ne t'épuise plus !

Sors dès maintenant de ton cocon pour aller vers d'autres compréhensions, vers l'autonomie de ton âme et surtout... bénis ce moment car il te montre la sortie de ¨*Ce qui brise les rondes*¨.

Tu es forte... plus intense que tu ne peux le croire. N'oublie pas que tout chemin de transformation est douloureux mais qu'il est nécessité car bénédiction autant que douleur... Comprends-tu ? »

La Voix s'est tue et tout s'est arrêté... La Présence s'est doucement effacée. Hélas, Elle m'a laissée plus en peine encore au souvenir du baiser de sa Lumière.

J'avais la sensation qu'Elle ne m'avait pas assez dit vraiment quoi faire et encore moins comment aller vers ce nouveau Souffle ! Je devais réagir…

Un espace en moi était bien sûr pleinement heureux, celui de mon cœur, cette petite sphère de lumière concentrée vers lequel, nous les Elfes, nous nous tournions sans doute trop peu consciemment. Mais un autre espace restait souffrant, celui de mes pensées qui creusaient comme un gouffre d'interrogations.

La liberté, c'était le questionnement… et il fallait que j'y goûte.

Un bruit est soudainement monté jusqu'à moi et m'a sortie de ma ¨torpeur songeuse¨. Partout dans la clarté, il y avait des sortes de tourbillons tourmentés bien que se voulant doux. À coup sûr, mes amis me surveillaient. Erdwinn me l'avait annoncé et pour moi c'était semblable à une menace.

Je les captais toutes, ces pensées de méfiance à mon égard et j'en ressentais un malaise indéfinissable. Un malaise si fort qu'il m'a finalement poussée à aller rejoindre au plus vite Baldrinn.

Pour voir ce qu'il faisait ? Oui, mais aussi, me suis-je d'abord dit, pour le surveiller… Le surveiller ? Vraiment ? Était-ce cela que je ressentais ou plutôt le manque de son étrange présence et une attirance irrésistible ?

Sans que je m'en aperçoive, l'homme aux cheveux rouges devenait peu à peu un refuge…

Tindrell, ma mère, m'avait un jour confié qu'elle avait autrefois connu un humain qui était venu dans notre Monde, qu'elle avait ressenti de l'attirance… et que cela l'avait fait fuir… J'avais évacué tout cela de mon esprit. Je n'avais pas alors compris ce qu'elle avait voulu me dire mais maintenant…

Elle m'avait également raconté qu'il fallait toujours se méfier de notre attraction envers l'homme car celui-ci était très rusé dans sa façon, facilement ensorcelante, de nous regarder. Nous pouvions y perdre notre raison et nuire à nos lois.

Oh ! Les yeux de Baldrinn... Ils m'avaient suggéré tant et tant de feu !

Non, ses yeux ne m'avaient pas menti, j'en étais certaine. Non, les hommes n'étaient pas si cruels qu'on avait tenté de nous le faire croire. Ils savaient aimer, eux aussi.

La méfiance non identifiée, non avouée, était-elle une maladie elfique ?

Était-ce cela que je découvrais, *le sentiment amoureux* ? Était-il le début d'un asservissement ou une clé pour un autre continent de la conscience ?

Le Grand Lumineux avait évoqué ma soif de rébellion comme porteuse de Lumière en me précisant que c'était aussi ¨*Ce qui brise les rondes*¨. La quête du Soleil ?

Étais-je devenue une ¨*Elfe briseuse de rondes*¨ et non une dangereuse dissidente, une ¨contre-nature¨ ainsi que mon peuple tentait de me le faire croire ? Je le voulais car c'était beau et cela seul pouvait m'indiquer la sortie de mon propre labyrinthe.

Chapitre 5

Métamorphoses

L'approbation du Grand Lumineux et son message si clair n'avaient fait qu'augmenter la pression au-dedans de mon être. Bien que se voulant porteurs de force et rassurants, ce qu'ils induisaient en moi me suspendait en même temps au-dessus du vide.

De quoi était donc fait un cœur d'Elfe ? Et une conscience d'Elfe ? Je n'avais jamais entendu un seul de mes semblables se poser de telles questions. Nous étions… et c'était tout !

Si ce n'est que je m'apercevais maintenant que cela ne devait pas être vrai. L'Éther lui-même, celui que nous absorbions et qui se densifiait pour faire de nous ce que nous étions, devait porter des sortes de graines en lui-même, des sortes de bulles ou d'espaces capables de germer.

Qu'est-ce qui faisait vraiment que certains d'entre nous siégeaient au Grand Conseil et d'autres pas ? Une grâce dispensée par les Grands Lumineux ?

Non… ce devait plutôt être l'effet d'une germination, l'ouverture d'une zone cognitive différente de la conscience. Une zone exploratrice peut-être.

Dans mon coin de forêt, au milieu de mes tremblements, j'ai eu alors l'audace de penser que c'était probablement quelque chose d'analogue qui m'arrivait.

Tout m'indiquait que si j'avais pu percevoir et soutenir la présence d'un Grand Lumineux, c'était parce que j'avais vécu une véritable explosion en mon âme et que je devenais capable de supporter l'insécurité en acceptant que mon cœur et l'univers de mes pensées entrent ¨en chantier¨.

Je ne suis pas parvenue à pousser plus loin mes réflexions…

Il fallait absolument que je voie Baldrinn. Il le fallait car non seulement je devais reconnaître - presque avec effroi - que sa présence me manquait, m'appelait, mais aussi que je m'inquiétais pour lui.

Quelque chose en moi pouvait deviner la couleur et l'odeur du gouffre devant lequel il se trouvait. Sa prison était égale à la mienne et nous étions complices malgré nous, sans seulement vraiment nous connaître. Il n'était plus chez lui et moi… plus tout-à-fait chez moi.

Il m'a suffit de dessiner intérieurement derrière mes yeux son visage aux cheveux rouges avec sa grande et étrange balafre sur la joue et tout mon corps d'Elfe s'est transporté d'un seul élan au cœur de l'Anneau des Grands Chênes. Jamais, sans doute, n'avais-je aussi bien compris, ou vécu, la puissance de la pensée et l'illusion des distances.

- « Dame Gwenedys ? »

Je ne devais encore être qu'un léger tourbillon dans la lumière des chênes lorsque Baldrinn m'est apparu, comme perdu au milieu de son refuge.

- « Je t'avais dit que je reviendrais, homme… »

Son regard s'est éclairé même s'il traduisait toujours l'inquiétude.

- « Pourquoi m'appelles-tu ainsi ? Ta méfiance est donc si grande… Que t'ai-je fait ? »

- « Rien… Ou peut-être as-tu habilement tissé en moi une toile d'araignée… même si cela n'existe pas ici. »

- « Que veux-tu dire ? » m'a-t-il demandé, décontenancé.

- « Nous savons que les créatures de ton monde se flattent d'être libres et de pouvoir n'en faire qu'à leur tête, qu'elles ont le droit de dire non quand elles le veulent… Mais est-ce toujours aussi vrai ? Je me questionne quant à ce qui nous a été dit sur les hommes et cela me trouble car jamais je n'avais douté de ce que mon Peuple racontait… Jamais. »

Baldrinn paraissait ne réellement pas comprendre où je voulais en venir et moi-même ne le savais plus trop. Son visage me questionnait encore et à nouveau je me suis sentie happée par son regard émeraude.

- « Je t'ai parlé de liberté mais aussi d'une toile d'araignée, Baldrinn. Tu dis être venu ici pour moi. Si c'est toi l'araignée mais que tu penses que c'est pourtant moi qui ai tissé une toile pour t'y prendre, nous sommes les artisans d'un étrange piège. »

- « Une toile d'araignée ? C'est l'image qui te relie à moi ? Non, je ne te comprends pas, Gwenedys. Pourquoi cette réserve et ces intentions que tu me prêtes ? Je me trouve là et bien seul dans ton monde dont je ne sais rien. Je te demande de m'aider car je te fais confiance… et cette liberté dont tu me parles, je ne l'ai plus, je n'ai pas d'autre choix que toi, que d'espérer en toi ! »

Baldrinn s'est arrêté un moment, l'air inquiet, puis a repris :

- « Oui, c'est bien ma liberté, tu l'as dit, qui m'a amené dans ce monde caché au sein du mien mais ma liberté, celle de tous les hommes, peut étrangement s'exprimer jusqu'à savoir fabriquer une prison. Cette prison, nous l'appelons… dépendance !

Mes mots te surprennent… je le vois. Écoute ce que je vais te dire encore.

C'est parce que je suis… dépendant de la Dame des Hauts Bois que je suis arrivé jusqu'à toi. Et cette dépendance-là se nomme amour. C'est une fièvre.

Pourquoi, maintenant, es-tu revenue vers moi ? Tu pouvais me laisser errer ici. Tu avais cette liberté… »

Les yeux de Baldrinn se baissèrent vers le sol comme s'il craignait des conséquences à ce qu'il venait de dire. Un orage, une tempête de feu…

J'ai cherché à rassembler mes pensées, j'étais troublée… L'idée de dépendance résonnait étrangement en moi. Étais-je moi-même en train de devenir dépendante ?

Devant mon silence Baldrinn a levé timidement son regard vers le mien, ce regard qui me racontait tellement de choses non dites…

Comme j'aimais son intensité ! Il m'offrait tellement de feu en promesses tout en m'annonçant également de si terribles vertiges ! Tout cela me déséquilibrait, moi qui étais déjà dangereusement fragilisée.

- « Parle-moi de l'amour des hommes et dis-moi de quoi il est fait. »

- « L'amour n'existe donc pas dans ton Peuple ? Ta question me frappe droit au cœur… Je ne sais pas si je peux bien te parler de l'amour de notre monde car je n'ai rien ressenti d'aussi fort avant toi, avant de t'avoir aperçue sur mes terres. C'est pour cette raison que je te disais qu'une fièvre m'avait pris tout entier. »

- « Je te demande de me parler de l'amour humain, pas du tien. Raconte-moi ce que tu sais, je suis curieuse d'apprendre. »

En prononçant ces mots, j'ai effleuré de mes doigts la joue de l'homme à la chevelure de feu. La longue cicatrice qui marquait son visage avait complètement disparu. Son corps tout entier s'était modifié, il était devenu plus lumineux, moins dense et j'avais presque l'impression qu'il sentait bon ! J'éprouvais une irrésistible envie de m'en rapprocher davantage, comme un désir que je ne pouvais manifester par un geste de plus, de peur qu'il soit mal perçu… ou peut-être à cause de ma propre crainte de pousser mon audace trop loin.

Baldrinn, ému par ma soudaine caresse esquissée, s'est emparé délicatement de ma main pour poser sa bouche contre la paume de celle-ci. Il a fait cela dans un grand soupir. C'était comme s'il avait abandonné toute réserve envers moi, comme si ce geste résumait tout ce qu'il avait si secrètement espéré.

- « Baldrinn… Tu as changé si vite, lui ai-je chuchoté. Tu as rajeuni, je ne te reconnais plus. Ton visage… m'est soudain devenu si agréable et ta présence si aimante… »

- « Toi aussi, tu changes Gwenedys ! Il y a tellement de tendresse dans ton regard… Non, tu n'es plus celle qui, tout à l'heure encore, évitait de me regarder comme si j'étais trop laid ou indigne d'elle.

Et voilà que tu me demandes de te parler de l'amour des hommes !

L'Amour ? Je te mentirais en t'affirmant que les humains savent aimer.

Rares sont ceux qui comprennent ce que cela signifie. En réalité, je crois qu'ils n'ont appris qu'à balbutier l'amour... Pour eux, aimer est un acte de possession de l'autre, de jalousie et de négociations. Et puis je vois qu'ils ne savent aimer que conditionnellement. »

- « Que veux-tu dire par ¨conditionnellement¨ ? »

- « Dans leur monde, les humains marchandent l'amour sans même s'en apercevoir car aimer est lié aux personnalités égoïstes et à la soif de posséder l'autre. L'amour n'est pas compris... je veux dire qu'il est souvent un outil au sein d'un jeu pervers de pouvoir et de désirs malsains.

Il est aussi pour beaucoup l'expression d'instincts très primaires et cruels et non pas de vrais élans du cœur et de l'âme.

L'amour humain... je le vois perdu dans un jeu de conditions, de contradictions et de marchandages. Ainsi on peut dire : Je t'aime si tu m'aimes, je ne t'aime pas si tu n'es pas à moi...

Alors l'amour érige des prisons, des lois étranges, des barrières et fait monter de grandes souffrances aussi. Oui, chez moi, on peut faire très mal et même tuer au nom de l'amour !
Lorsque l'amour ne naît pas de l'élan spontané d'un cœur pur, il n'exprime pas le meilleur de nous mais traduit le mal en nous... C'est un mal d'être qui veut tout faire passer par la tête, tout contrôler, tout rétrécir.

Certains d'entre nous pourtant savent aimer, je te l'assure. Ceux-là s'abandonnent et offrent tout car ils ne retiennent rien.

Ils abolissent les frontières en eux car ils ont compris que pour vraiment aimer il faut laisser libre et ne rien demander en retour…

- « Et toi, tu sais vraiment aimer ? »

- « Je pense que j'ai compris… »

- « Les Veilleurs nous enseignent, presque avec dégoût, que vous aimez avec votre corps… »

Baldrinn m'a regardée avec intensité, étrangement, comme s'il mesurait plus lucidement encore ce qui séparait nos mondes réciproques.

- « Nos corps ? Oui, nous nous unissons les uns aux autres. Certains le font comme des animaux, comme pour se rassasier. D'autres sont en quête d'émotions vraies ou de sentiments derrière leurs pulsions… Pourtant, nous sommes tous en demande d'échanges.

Nos corps veulent appeler nos âmes. Ils cherchent la porte des sens et, par derrière elle, la tendresse. Mais parfois l'amour et le désir sont si forts qu'un intense feu de passion nous brûle au dedans. Cela nous dépasse !

Mais toi… parle-moi de ton Peuple… Tu me sembles si jeune, Gwenedys… sans âge. »

- « Non… Je ne suis pas jeune, je suis comme tu l'as dit, ¨sans âge¨. Ici, nous naissons d'une rencontre de lumière… selon la projection de notre idéal de perfection collective. Nous ne vieillissons pas mais nous mourons tout simplement lorsque notre âme est lasse. Nous savons qu'un autre jour de vie se présentera alors pour nous permettre de continuer notre œuvre au service des Grands Lumineux.

Mon Peuple vit de ses sens. Et ce que tu appelles ¨actes de chair¨ ne naissent jamais de pulsions. Nous ne sommes pas de chair et nous ignorons les pulsions et c'est pour cela que nous cultivons les ¨actes de lumière¨.

Ici, personne n'aime pas selon ta définition de l'amour ; chacun a des préférences, chacun suit le courant d'énergie de floraison qui lui est offert sans jamais se questionner ni douter de la justesse de toute union vécue.

L'acte d'amour est comme un épisode de la vie, un parfum qui se dégage parfois du couronnement logique d'une nature parfaite. De nos unions naissent d'autres Elfes, totalement adultes.

Nos géniteurs ne sont donc pas nos parents, ils sont des éléments de notre Clan, comprends-tu ? Ici tout est échanges d'énergies subtiles, tout s'interpénètre pour engendrer une harmonie. Nous recréons sans cesse la Nature subtile dans sa perfection initiale. C'est une ronde. »

Un bruit nous a fait tout à coup sursauter…

Gwandenn et Talisnenn se tenaient devant nous. Visiblement furieuses de me surprendre avec un humain, celui dont elles avaient flairé l'intrusion, la cause de ma folie dissidente.

Elles se sont aussitôt approchées de Baldrinn avec un air de mépris…

- « Ainsi, les rumeurs elfiques sont vraies ! Tu as fait entrer un être du Monde de Fer malgré les mises en garde du Grand Conseil et tu as désobéi aux Veilleurs ! »

- « Elle n'y est pour rien, leur a lancé Baldrinn d'une voix éteinte... Ne lui faites pas de mal. »

- « Tais-toi ! Tu n'as pas à nous répondre. Si Gwenedys s'est laissé prendre à ton jeu hypocrite, cela ne fonctionnera pas avec nous. »

- « Mes sœurs… ne jugez pas l'humain. Vous ignorez tout de lui. C'est vrai, je ne suis pour rien dans sa venue en notre Monde… en fait, presque pour rien.

C'est moi qui ai passé le Portail et qui me suis retrouvée sur les terres de l'homme sans le savoir. J'ignorais qu'il m'avait vue et qu'il m'observait… Je voulais juste goûter à un parfum de terre, à un moment intime avec mon cœur. Je me sentais appelée si fortement par le Monde extérieur. Et puis voilà… j'ai été suivie sans que j'y puisse quelque chose.

J'ai alors vu que l'homme… Baldrinn avait passé le Portail de Tellendrach' et qu'il était lui-même désemparé, sans vraiment savoir où il était arrivé.

Je m'en suis approchée pour l'observer de plus près… Il avait peur… et moi aussi. Il a voulu retourner vers les siens mais le Sas avait disparu… Les esprits des profondeurs ont sans doute fait changer l'orientation des veines[1] de la Terre et depuis je cherche un autre Portail pour lui. Qu'auriez-vous fait, vous ?

Le laisser ainsi ? Alors je l'ai aidé, je l'ai caché ici, à l'Anneau des Grands Chênes Blancs… là où les Veilleurs ne viennent pas en saison rouge, trop occupés qu'ils sont par les festivités de notre Peuple.

Depuis, l'homme me parle, il me raconte les humains, il me fait comprendre autre chose et je lui fais confiance. Je n'ai plus peur de lui. Appelez-le par son nom, vous aussi. »

---

[1] Les lignes de force subtiles ou encore les nadis de la planète.

- « Mais que crois-tu donc, Gwenedys ? Que tu vas changer les lois de notre Peuple ? Tu bouleverses tout notre monde par ton inconscience ! »

- « Je ne fais rien contre mon Peuple. Un Grand Lumineux est venu me le dire. Il m'a conseillé d'oser aller vers l'humain, de m'ouvrir à lui... en m'affirmant que je n'étais pas une dissidente mais une ¨évoluante¨ et que c'était bien ! »

- « Un Grand Lumineux est venu à toi ? Tu te crois donc Canal ? »

- « Ta colère t'empêche de voir avec ton cœur, Gwandenn et toi également Talissenn. Toutes deux, je ne vous reconnais plus, ni Erdwinn qui est maintenant si amer ! Notre peuple serait-il devenu cruel et méprisant ? »

Tout en jetant de brefs regards à Baldrinn, mes sœurs restèrent un moment interdites sous la vivacité de mes paroles...

- « Tu sais pourtant que tous les anciens contacts de notre Peuple avec le monde métallique ont été toxiques pour nous... répondit enfin plus doucement Talissenn. Regarde cette créature aux cheveux rouges, que sais-tu réellement d'elle? Tu crois en ce qu'elle te dit ? »

- « Tout ce que je savais jusqu'à présent c'est ce qui nous a été enseigné par le Grand Conseil et ses Veilleurs... Mais peut-être que maintenant... »

- « Peut-être ? » me lança Gwandenn, les yeux pleins de colère.

- « Oui peut-être que ceux du Grand Conseil nous ont voilé des vérités, qu'ils ont volontairement voulu nous tenir dans un certain ordre des choses... leurs lois à Eux.

Leur désir est de nous garder purement elfiques, soumis et obéissant à notre routine quotidienne, sans chercher davantage, sans jamais s'interroger, sans capacité de choix.

N'avez-vous pas l'impression de vivre dans un monde qui nous étouffe, qui nous emprisonne dans l'unique pensée d'un groupe d'âmes centré sur lui-même... sans réelle personnalité, sans conscience, sans désir ni opinion ? »

Les images qui défilaient entre nous allumèrent un autre brasier de colère chez mes sœurs.

- « Tout notre Clan reçoit désormais tes idées fantaisistes, Gwenedys et nous en souffrons ! Bientôt, l'humain sera capturé par les Veilleurs et nous ne pourrons plus intervenir pour toi. Tu seras coupable de trahison et punie par Ar Danesill' ! Quelle folie s'est emparée de toi ! Sais-tu de ce dont tu souffres ? »

- « De folie, veux-tu dire, Gwandenn ? Si c'en est une, il y a un Grand Lumineux qui semble l'apprécier. Je ne vous dirai rien de plus... Je ne parlerai qu'à Ar Danesill' de ce que la Grande Présence m'a confié. Vous êtes fermées et je perds mon rayonnement à tenter de vous ouvrir... juste un peu. »

Cette rencontre nous laissa fort désemparés, Baldrinn et moi. Alors, ne sachant que faire, nous nous sommes pris la main.

- « Je resterai fidèle à nos confidences et j'essaierai d'intervenir pour toi mais, tu le sais, tu devras faire face au Grand Conseil... Il ne tardera pas à se manifester. Restons calmes et attendons. »

Et, effectivement, ce qui devait arriver est arrivé. Le temps d'un souffle de brume...

Dans les feuillages des grands chênes, le temps de ne rien nous dire mais de seulement nous lâcher la main et quelques

Veilleurs étaient déjà là, brisant la bulle de cet espace où j'avais cru pouvoir protéger Baldrinn…

Ils étaient cinq ou six, droits et crépitants, nimbés de leurs privilèges de Gardiens de la Tradition et forts de cette aura d'autorité qui donnait l'impression que leur chevelure était deux fois plus longue que celle des autres Elfes.

Je les ai salués comme on se devait de la faire, en portant les deux mains au centre de la poitrine puis en les ouvrant aussitôt dans un geste d'accueil et de don.

Ils ne m'ont pas répondu de la même façon. Impassibles, ils se sont contentés de me fixer du regard. Quant à Baldrinn, ils ne l'ont même pas regardé comme si, du coin de leurs yeux, le contour de sa seule silhouette suffisait pour tout en savoir et en dire…

C'est donc uniquement à moi qu'ils se sont adressés, moi, la rebelle, moi la destructrice de leur ordre. Et, tandis qu'ils fabriquaient les images d'âme qui m'accusaient pratiquement de trahison, je commençais à me rendre compte que les notions de ¨moi et de ¨je¨ s'affirmaient de plus en plus dans mon cœur et ma tête.

Mon peuple devenait ¨leur peuple¨ et je prenais conscience que je me tenais à la limite d'une sorte de fracture. Je sortais du Clan des miens non pas parce qu'on voulait m'en chasser pour ma faute, mais parce que le changement en moi s'emballait et me faisait m'exclure moi-même de mon Monde. Il en est souvent ainsi pour celui qui laisse entrer sa conscience en mutation.

En jeux d'images et d'échanges de pensées, j'ai vite compris que, le temps que la situation soit analysée par le Grand Conseil, Baldrinn allait être emprisonné là où je l'avais mis, dans un espace très réduit de l'Anneau des Grands Chênes.

Dans le Monde elfique, bien sûr, il n'existe ni cage ni prison telles qu'on les conçoit sur la Terre des hommes. On sait par contre créer des murs et des barreaux invisibles.

On tisse ce qu'on pourrait appeler à juste titre des ¨barrières mentales¨. Celles-ci consistent en un savant réseau de fils psychiques très finement entrecroisés autour de la présence que l'on veut sanctionner.

Ce sont mes sœurs qui furent chargées de confectionner une telle ¨broderie¨. J'avais l'impression qu'elles en étaient même satisfaites, comme pour convaincre les Veilleurs et peut-être aussi elles-mêmes qu'elles n'avaient pas été contaminées par ma folie.

En les suivant discrètement de l'âme, je les ai vues s'isoler dans un bosquet après avoir cueilli quelques hautes herbes dans la clairière qui s'étendait en bordure de l'Anneau des Grands Chênes.

Je n'ignorais pas ce qu'elles allaient faire avec elles; tout Elfe l'aurait su, même si la pratique à laquelle elles allaient s'adonner était rarissime...

Lentement, avec leurs longs doigts, l'esprit centré sur la silhouette de Baldrinn, elles allaient méticuleusement tresser les herbes pour projeter un mur d'énergie bloquante là où il le fallait. Ainsi, mon ami, l'humain aux cheveux rouges, allait-il bientôt sentir l'espace de la forêt se rétrécir autour de lui et sans doute d'abord en lui. Il ne pourrait plus se déplacer en dehors d'un petit périmètre.

Je ne savais même pas si je parviendrais encore à lui tenir la main. C'était peu probable... J'ai voulu m'en rendre compte et c'est ce qui s'est passé.

Au cœur de l'Anneau des Grands Chênes, je l'ai enfin retrouvé, l'air hagard, marchant comme un animal en cage entre une douzaine de grands arbres.

- « Dame Gwenedys, s'est-il écrié, en me voyant réapparaître, encore une fois tu es malgré tout revenue… »

Avait-il seulement compris ce qui venait de se passer et ce dont les Veilleurs avaient chargé mes sœurs ?

Ma poitrine explosait de douleur. Je n'étais plus du Clan des miens mais, surtout, je constatais l'extrême dureté de mon peuple.

Une longue plainte est sortie de ma poitrine èt instinctivement j'ai croisé mes mains sur elle pour taire un peu le cri de ma blessure. J'ai aussi déployé ma chevelure autour de moi afin de créer une grande lumière blanche qui me servirait de cocon protecteur.

Oui… je devais m'obliger au silence, de peur que le Grand Conseil ne soit encore plus intransigeant envers Baldrinn… et pas seulement envers lui.

Dans un ultime effort, il fallait que je retrouve ma flamme et surtout que je ne me laisse pas noyer par toute l'avalanche des derniers évènements.

Mourir à moi, m'assombrir, m'éteindre… C'était sûrement l'image qu'Ar Danesill' m'envoyait… Il voulait certainement que je sombre dans le doute et que je désespère dans la honte de ma faute… peut-être, ultimement, pour me redresser à sa façon. Mais avais-je besoin d'être redressée ? J'étais droite en mon âme !

Une Voix s'est alors à nouveau fait entendre, elle s'est glissée en moi, me prenant de stupeur au beau milieu de mon trouble… Elle ne pouvait être que celle du Grand Lumineux qui avait déjà bien voulu se pencher sur ma folie ou mon destin. Elle était si puissante que même Baldrinn semblait la percevoir ou alors la deviner. Lui aussi s'est enfin immobilisé et apaisé.

La Voix résonnait tandis que je contemplais le sol…

- « Gwenedys ! Crois en ton cœur ! Souviens-toi des paroles que je t'ai offertes. Ton peuple doit te sentir ferme et solide. Ne doute pas ! Il n'y a nulle honte à tenter de grandir, à vouloir penser et à espérer aimer. Ton peuple apprend par toi et cela même s'il cherche à s'enfermer dans ses lois, à s'y réfugier.

La Terre de Tellendrach' gronde de toute ton audace et c'est pour un espoir nouveau. Ta pensée appelle la lumière. Ne permets pas qu'elle s'assombrisse. Ne laisse pas l'étincelle de ta flamme vaciller… Jamais ! Avance et reste droite… La force de ton cœur aimant est comme un rempart contre les agressions. Celui qui ose apprend à aimer. »

Ce fut tout… La voix s'était éteinte soudainement, me laissant avec l'impression que mon cœur était devenu comme un cristal très fragile… et je me sentais minuscule et inconsistante face à une montagne à gravir.

Bientôt, Ar Danesill' arriverait… et que pourrait-il faire d'autre que regarder et condamner ? L'exil pour la dissidente que j'étais ? Je n'avais jamais entendu parler de cela chez nous. La mort ? Elle n'existait pas dans notre âme. Mais pour l'humain… comment cela se passait-il ?

Alors je me suis rendu compte que c'était de plus en plus pour lui que je me tourmentais.

Je n'étais plus qu'une boule de questions, encore une fois plus ébranlée que confortée par cette nouvelle intrusion du Grand Lumineux dans ma vie. L'Esprit bouscule toujours, toujours…

Si c'était cela grandir, le prix m'en paraissait extrêmement lourd. On disait à partir de notre perception de l'Éternité que les Grands Lumineux étaient nos créateurs, qu'Ils nous avaient engendrés en condensant la lumière de leurs pensées. On disait aussi qu'Ils nous avaient créés parfaits pour servir un Plan de Beauté et d'Équilibre…

Mais qu'est-ce que c'était que cette perfection ? Une perfection, par définition, n'a pas besoin d'évoluer, de bouger ni de vouloir s'ouvrir…

Là aussi on nous avait peut-être habilement dissimulé des vérités.

Je n'ai pas eu le temps de m'interroger davantage. J'ai ressenti un mouvement dans la lumière… Ar Danesill' venait de faire irruption à l'orée de l'Anneau des Grands Chênes.

Je m'attendais à le voir entouré d'un nombre important de Veilleurs mais il était seul. C'était la première fois que je me trouvais aussi directement en sa présence.

J'ai aussitôt perçu cette sorte de ¨courant venteux¨ dont on racontait qu'il circulait toujours autour de lui et qui traduisait la surabondance de cette énergie appelée Mémoire du Souffle propre à l'Éther du Monde elfique.

Comme tous ses prédécesseurs, Ar Danesill' avait la réputation, par cette énergie, d'être relié à la fois à la mémoire collective de son peuple et de pouvoir communiquer aisément avec les Présences directrices des trois autres Mondes de l'Éther.

Aux yeux de tous, il était donc l'expression vivante des Archives elfiques de notre contrée ainsi que le Gardien de son équilibre avec les forces de la Terre, de l'Eau et du Feu.

Mon corps s'est incliné tout seul devant lui et mes mains se sont aussitôt jointes selon la Tradition. J'ai reçu le même salut... Je ne m'y attendais pas.

La silhouette d'Ar Danesill' m'est apparue incroyablement longiligne dans une robe de mousse et de lichen. Quant à son visage, on aurait dit que les yeux y prenaient toute la place.

- « Où est-il ? »

Contre toute attente, la voix d'Ar Danesill' a résonné en moi avec des intonations paisibles et chaudes.

D'un geste du bras, j'ai indiqué l'Anneau des Grands Chênes en même temps que tout mon corps se projetait dans sa direction.

- « C'est bien toi qui l'a amené là ? »

Les hautes herbes et les fougères avaient glissé sous nous et déjà Baldrinn n'était plus qu'à vingt pas, l'air désemparé, bloqué entre ses arbres, coincé dans les mailles du filet psychique qui lui avait été tendu.

Je me suis efforcée de ne pas le regarder. C'était trop difficile !

- « Ne m'explique pas... J'ai déjà tout lu en toi... Tes images d'âme sont puissantes et fort prolifiques, Gwenedys... Dame des Hauts-Bois ! »

J'ai été ébranlée en m'entendant appelée par ce nom dans de telles circonstances.

Ainsi, même lui avait transpiré, tout s'était donc répandu et le Grand Conseil avait tout en main... Tout !

Contrairement à mes sœurs, Ar Danesill' a très longuement regardé Baldrinn. Je savais qu'il l'étudiait, qu'il respirait les senteurs de sa lumière d'âme.

Quant à Baldrinn, il paraissait ne pas s'apercevoir du fait qu'il était observé. Il était là, à marcher dans le petit périmètre de ses arbres et à en caresser les troncs.

Il aimait donc les arbres ? Il savait les respecter ? Les habitants du Monde de Fer étaient certainement bien plus complexes que ce qui nous était communiqué.

De ce que je commençais à en comprendre ou plutôt à en deviner, le respect et l'inconscience, l'amour et la violence parvenaient facilement à cohabiter en eux sans que cela leur pose trop de problèmes.

Était-cela aussi, la liberté ?

- « Il ne sent pas mauvais... a tout à coup annoncé Ar Danesill' comme s'il prononçait un verdict. Que tu l'aies trouvé et ramené ici intentionnellement ou non n'est pas le problème. Ce qui fait problème c'est que cette race sème la dualité. Rien que l'idée du doute c'est déjà la dualité. Une perte de force !

Quant au reste... les archives de notre Peuple affirment que rien, jamais, ne survient sans raison.

Peu savent cela, Gwenedys... Alors, maintenant que tu es à l'origine de ce ¨rien¨, suis-moi, nous allons pénétrer tous deux dans son espace et je l'interrogerai. Il ne pourra pas me mentir. »

Contre toute attente, Ar Danesill' ne m'avait rien reproché. Se pouvait-il qu'il comprenne ce qui se passait vraiment ?

Il tenait un étrange bâton scintillant d'ambre doré dans sa longue main tandis que ses yeux me fixaient intensément en m'invitant à le suivre dans la prison mentale de Baldrinn.

J'ai entendu une sorte de léger déchirement sonore dans l'air-lumière de l'Anneau des Grands Chênes lorsque nous avons pénétré dans le périmètre où Baldrinn était bloqué. À notre arrivée, celui-ci a sursauté à la façon d'un animal aux aguets, surpris dans l'intimité de son espace.

Le Guide suprême du Grand Conseil s'est adressé à lui sans attendre et sans ménagement… Sans dire qui il était non plus.

- « Crois-tu en quelque chose, homme ? »

J'ai vu Baldrinn relever instantanément et fièrement la tête.

- « Je crois en Lug[1] ! Et je crois que c'est lui qui m'a mené jusqu'ici. »

- « Ici, tu es chez nous ! »

- « J'ignore qui tu es au juste… Mais c'est aussi l'envers de chez moi… je veux dire, son visage caché. »

- « N'inverse pas les rôles, homme ! Tu es bien chez nous et c'est toi qui viens de l'envers du monde, de ce monde qui n'est pas digne d'un tel nom et qui dépend hélas du nôtre. Parle-moi de Lug… Qui est-il ? »

- « Il est le Créateur de toute chose, la source de toutes les Forces divines. Pour mon peuple, Son nom signifie à la fois ¨le Sombre et Lumineux¨. »

---

[1] Lug est le dieu suprême de la mythologie celtique, non seulement parce qu'il est au sommet de la hiérarchie mais aussi parce qu'il est panceltique : il fait partie des rares divinités à se retrouver chez tous les peuples celtes.

À cette réponse surprenante, j'ai senti le Souffle qui entourait Ar Danesill' entrer soudainement en mouvement. Pouvait-il se fâcher face à l'assurance inattendue qu'exprimait Baldrinn ? J'étais moi-même troublée par sa réponse imprévisible.

- « Comment peut-on se montrer simultanément sombre et lumineux ? »

Il m'était difficile de savoir si Ar Danesill' était ironique ou se montrait réellement curieux.

- « On ne le peut pas sauf si on est Lug. Pour nous, Lug est Père de tout. Il réunit les contraires, comme toute créature devrait apprendre à le faire dans son cœur. Il unit le Soleil et la Lune, la Terre et les Cieux, le Feu et l'Eau, le Temps et le Non-Temps, sans combat… car Il inspire en même temps qu'Il expire. C'est la foi qui est mienne. »

Baldrinn fixait intensément Ar Danesill'. Il avait visiblement peur mais il lui tenait tête.

J'ai alors vu Ar Danesill' glisser doucement vers Baldrinn. Il paraissait aussi intéressé que je l'étais par ses propos. Ses images d'âme me traversaient si rapidement qu'il m'était impossible de toutes les saisir.

- « Ainsi, vous les hommes, vous croyez en un dieu qui serait ¨au-dessus¨ de tous les dieux. Mais qu'est-ce qu'un dieu ? Tu dis sans dire… Ne pouvez-vous pas simplement croire en la Vie et ses rayons lumineux ? »

- « C'est ce en quoi je crois et auquel je donne le nom de Lug… mais tous ne pensent pas comme moi. »

- « Quel est donc ce peuple dont les pensées divergent ? Voilà pourquoi vous transpirez la dualité… Nulle force, nulle vision unique ne vous rassemblent vraiment ! L'incohérence…

Je reconnais que tu ne sens pas mauvais, pourtant… Dis-tu vrai lorsque tu affirmes que tous les tiens ne pensent pas comme toi ? »

- « Pourquoi mentirais-je ? Nos différences sont notre faiblesse mais aussi… elles nous aident à cultiver la force…
Maintenant pourquoi suis-je emprisonné en ce lieu ? Qu'ai-je fait de mal ? »

- « L'état d'unité, homme, est la seule vraie force. Cet état est celui de mon monde, c'est un état sacré dont je suis le Gardien. Nous sommes au centre du Vrai Monde et même si ton cœur n'est pas sale, tu viens le troubler en te servant de l'une des nôtres. Tu demeureras encore parmi ces arbres jusqu'à ce que j'aie achevé ma réflexion. Je te la ferai connaître…

Gwenedys, la saison rouge a commencé et le Clan de Tellendrach' t'attend pour la Grande Activation. Ne tergiverse pas ! La saison verte nous a encore préparé un festin de Parfums floraux et je veux t'y voir présente. »

- « Ar Danesill', le Clan me rejette et j'aimerais mieux ne pas y venir. Cela me fait mal d'être vue comme une dissidente. »

- « L'es-tu ? Je pense que non… mais je veux savoir ce que le Grand Lumineux t'a révélé. Tu seras convoquée bientôt. Ne conteste plus jamais mes décisions ! »

Ar Danesill' n'en a pas dit davantage. Sa présence longiligne s'est estompée en un souffle de lumière, nous laissant soudainement seuls, Baldrinn et moi mais irrémédiablement séparés par un terrible mur psychique. Seules nos pensées pouvaient continuer à se rencontrer.

- « Dame des Hauts Bois, dis-moi… Pourquoi vouloir simplement connaître ce en quoi je crois ? Est-ce ainsi que l'on juge chez toi ? »

- « Ce que tu crois façonne ce que tu es, Baldrinn. Ce n'est pas la raison de ta présence parmi nous que le Guide du Grand Conseil est parti chercher dans ses visions; c'est sur l'empreinte de ton âme qu'il se penche… puisqu'il a maintenant compris que tu en as une. »

Chapitre 6

Devant le Grand Conseil

Un battement de cil temporel plus tard commençait à s'écrire une autre page de ma vie…

Déjà, je me retrouvais aux cérémonies de notre Clan, celui de Tellendrach', pour la Grande Activation de la saison rouge[1]. Nous étions des milliers et des milliers, nous déplaçant en cercles concentriques autour d'un énorme quartz rose.

Nos cercles, qui se développaient à partir de ce centre, englobaient forêts, clairières, vallons, prairies, rivières et ruisseaux…

Ainsi rassemblés et tournoyants, nous formions une sorte d'essaim dont la danse achevait de stimuler le mouvement de la lumière; il le faisait s'épanouir ainsi, invitant la sève de tous les végétaux à exulter partout où elle se faufilerait et à mieux pro-

[1] La saison rouge correspond à ce qui est nommé ¨été¨ sur Terre.

duire ce qui donnerait fleurs et fruits dans le Monde de l'Extérieur.

Nous préférions dire ¨le Monde de l'Extérieur¨ plutôt que ¨le Monde des hommes¨ car, à nos yeux, un tel univers, l'envers, le prolongement forcé du nôtre, n'appartenait pas aux humains, contrairement à ce que ceux-ci s'imaginaient. Ils s'y étaient imposés pour tout s'approprier.

Notre danse émettait un bourdonnement chaud d'où montait peu à peu une lueur rouge, une lueur qui colorerait nos cieux jusqu'à la saison suivante.

Ar Danesill' avait eu raison. Quoi qu'il se soit passé, j'aurais commis une terrible faute en ne participant pas à cette cérémonie fort simple mais tellement puissante et indispensable à l'équilibre de la Nature de l'Extérieur ainsi qu'à celui de la Terre elfique. Tout épouse tout !

Nos danses bourdonnantes étaient toujours au nombre de quatre afin de nous conformer à un rythme secret qui disait que toute saison renferme en elle-même le germe et les vérités des trois autres. Ainsi, chaque danse avait sa propre cadence et son chant plus ou moins grave, plus ou moins joyeux.

Entre chacune d'elles, nous observions une courte pause au cours de laquelle nous captions tous les parfums des arbres et des plantes de là où nous nous trouvions afin de communier à satiété avec la richesse de la Nature, le don suprême des Grands Lumineux.

Lors de l'une de ces pauses, j'ai rencontré successivement Erdwinn puis cette Elfe, celle qui, dans un élan fusionnel avec un autre Elfe, avait permis à mon âme de reprendre un corps lumineux… Tindrell, ma mère.

Erdwinn... lui aussi avait rêvé d'un tel élan avec moi. Je le savais intimement... mais notre histoire se transformait, se déformait, c'était évident.

Les images d'âme que nous avons alors échangées furent douloureuses parce que chargées d'incompréhensions et de ces concepts appelés ¨symboles ouverts¨ sur lesquels nous ne pouvions être totalement en accord. Tout s'est passé en douceur, cependant. Nos âmes s'aimaient toujours, sans doute...

Oui... j'avais appris une sorte de vocabulaire auquel il n'était pas préparé; cela tissait un voile entre nous et nous ne pouvions rien faire d'autre que de le constater avec tristesse. Au Monde elfique, nous ignorions les vraies larmes. Celles-ci sont trop humaines, trop issues du monde duel et de ses doutes pour pouvoir pleinement exister dans la réalité du monde de l'Éther.

Et pourtant, malgré tout, j'avais bien découvert quelques perles d'eau au coin de mes yeux. Elles avaient même laissé des sillons mauves sur le diaphane de mes joues. Je me transformais... C'était ainsi.

Pour ce qui est de Tindrell, ma mère, notre rencontre entre la deuxième et la troisième danse nous a rapprochées. En plongeant son âme dans la mienne, elle m'a tout de suite avoué avoir aperçu l'homme aux cheveux rouges, Baldrinn.

Elle en avait senti la présence en captant ce que nous appelions ¨un soupir de regard¨, c'est-à-dire une ¨vague de non-joie¨ venant de moi dans un instant de solitude au creux de mon feuillu. Cette captation l'avait rapidement amenée à l'Anneau des Grands Chênes et projetée vers l'homme.

C'était aussi la colère de mes sœurs, Gwandenn et Talissenn, qu'elle avait perçue et qui l'y avait finalement poussée, l'espace d'un très bref instant. Je me souviens de ce qu'elle m'a dit alors à son sujet...

- « Il n'est pas si laid malgré ses cheveux rouges et il ne sent pas trop mauvais. »

Et puis, elle m'a tout avoué.

- « Moi aussi, il m'est arrivé de laisser mon corps se diriger tout seul du côté du Portail. Dans sa transparence et son souffle, j'avais déjà aperçu, de l'autre côté, l'homme à plusieurs reprises, alors… je te comprends mais je n'ai pas ta force et je ne peux pas défendre ce qui, pour moi, est indéfendable puisque que cela me fait peur. La peur… C'est une idée un peu nouvelle pour moi. Je ne connaissais que la méfiance mais voilà que je commence à craindre… Est-ce donc vraiment toi qui as semé tout cela, Gwenedys ? »

Je ne savais pas quoi répondre à ma mère. Ce devait être moi, en effet, qui avais semé un ¨ordre de crainte¨ aussi facilement accessible, qui avait affiné les contours de ¨quelque chose qui, jusque là, était très vague dans mon monde. Ainsi, il semblait que la peur faisait aussi parti du tribut à payer à la liberté.

Les danses rituelliques autour du quartz rose étaient terminées. La Grande Activation avait explosé de tous ses parfums et le ciel étincelait comme un rubis aux mille feux ondoyants chargés des suaves exhalaisons de la saison rouge.

- « Gwenedys… »

Tindrell se tenait devant moi. L'inquiétude qui se lisait jusque là sur son visage délicat avait fait place à une douce bienveillance… comme une acceptation.

- « Je voulais simplement te dire que je ne suis pas contre toi… et Erdwinn non plus. Il souffre surtout de ton éloignement. Je sens bien l'appel en ton âme et il semble plus fort que tout. J'accepte ton choix et j'aimerais avoir ta force mais... »

Tindrell venait à peine de s'exprimer ainsi qu'une sorte de bourrasque faite de ¨crépitements d'ombre¨ nous a toutes deux fait vaciller. De quoi s'agissait-il ? Je n'avais jamais vécu cela.

Autour de nous, tout venait d'être secoué de la même manière… les grands pins et les bosquets bruissaient étrangement. On aurait dit qu'ils venaient de sortir de l'axe de leur vie et cherchaient un nouvel équilibre.

Je n'ai pas eu le temps de trouver le regard de ma mère, une deuxième, puis une troisième bourrasque nous ont prises et éloignées l'une de l'autre. Autour de moi, des sons sourds sortaient de toutes les poitrines. Accroupis à même le sol, le regard plein de frayeur, tous les Elfes avouaient leur désarroi.

Soudain, j'ai compris… comme si un vieux savoir ressurgissait de lui-même des profondeurs de ma nature elfique.

C'était une tempête éthérique ! Un de ces puissants tourbillons de lumière mêlée d'ombre qui s'emparait de l'univers subtil lorsque la croûte de la Terre se fendillait et redistribuait ses forces.

Pour les hommes, c'était la Terre qui venait de trembler… et c'était sans doute pour cela aussi que le Grand Portail avait changé de place, nous piégeant du même coup, Baldrinn et moi.

Oh… tout s'éclairait donc ! Le mouvement de la Porte avait été le signe annonciateur qu'aucun de nous ne semblait avoir compris.

Et pourtant, nous savions que le subtil entre toujours en transformation avant le dense ! Tout vient toujours de l'intérieur… et ma propre métamorphose, celle qui me poussait vers Baldrinn devait aussi exprimer cette loi puisque j'étais devenue à ma manière une sorte de ¨crépitement d'ombre¨ pour mon peuple.

Un silence d'une étrange nature s'est peu à peu installé sous les frondaisons où j'avais été projetée. Il semblait que tout devait se redéfinir, de la moindre des formes jusqu'au chant de l'énergie qui circulait.

Tindrell s'est à nouveau approchée de moi.

- « J'ai déjà connu ces mouvements de lumière ombreuse. C'était peu avant la réapparition de ta présence en ce monde... mais il n'y avait pas eu de tels crépitements. »

Je n'ai rien dit à Tindrell et j'ai tout fait pour éparpiller mes pensées afin qu'elle ne capte pas les images qui ne manqueraient pas de s'échapper de moi...

J'étais certaine de savoir pourquoi la bourrasque éthérique que nous venions de vivre avait été si puissante. Les confidences que Baldrinn m'avait faites avant que je ne m'éloigne de lui me le laissaient deviner.

Des druides et des sorcières ou des magiciennes, m'avait-il dit, lui avaient proposé de mettre en mouvement plusieurs rituels afin de rendre davantage visible le Grand Portail par lequel il avait tant espéré me rejoindre.

De telles choses provenant du monde des humains - cela se disait parmi les Elfes - déréglaient souvent les rapports entre les univers. Elles n'étaient ni bonnes ni mauvaises par elles-mêmes mais il fallait en courir les risques...

Nul n'entre impunément dans l'ordre des lois qui offrent aux mondes toute leur souplesse.

- « La magie des prêtres ? a soudain fait Tindrell en entrant très étroitement dans ma lumière d'âme. Tu as imagé cela... Tu viens de le dire. C'est donc cela que tu savais ! »

J'étais si lasse ! Pourquoi lui cacher ce qu'elle avait déjà saisi ? Je ne voulais plus mentir, le mensonge n'était pas né de mon Monde et j'y perdais ma lumière et ma force d'âme. Je n'avais pas à nier l'Appel qui fleurissait en ma poitrine. Peut-être en savait-elle d'ailleurs beaucoup plus que moi sur ces pratiques humaines.

- « Oui, c'est cela, a-t-elle reprit, les prêtres du Monde de Métal - ou ceux qui leur ont succédé car le temps s'écoule si vite, là-bas, dit-on - recherchent peut-être encore l'homme aux cheveux rouges. Ils appellent la Porte à se manifester et à se dilater ... Ils s'amusent avec notre stabilité et avec la leur puisque tout est lié ! »

La remarque de ma mère a été un autre choc pour mon âme. Je ne savais plus quoi comprendre de tout ce qui arrivait. L'humain était-il définitivement un pourrisseur tel que notre Tradition l'avait toujours décrit ?

Étais-je alors moi-même une pourrisseuse au lieu de ¨l'ouvreuse de chemin¨ que j'avais espéré être ? Mon horizon s'assombrissait à nouveau.

- « Ta pensée me trouble, Tindrell ! Je ne peux voir en Baldrinn un flétrisseur de lumière. Je m'y refuse ! Il a une âme comme nous et il ne sent pas mauvais. Ar Danesill' l'a constaté lui-même ! Il est venu le questionner dans le filet mental qui le retient prisonnier... J'ai même observé mes sœurs Talissenn et Gwandenn tisser la toile qui l'entoure. Qu'elles l'aient fait avec autant de colère m'a fait terriblement mal car c'est aussi vers moi que leur rancœur était dirigée... comme une vengeance. Vois-tu comme la dureté n'est pas un ¨privilège¨ humain ?

Viens avec moi... Viens là où il est retenu prisonnier comme un animal dangereux. J'ai honte de notre Peuple. Je ne le croyais pas à ce point capable de tels actes et encore moins de mépris pour ce qui vit...

Baldrinn a du sentir lui aussi le vrombissement des secousses et il doit en être effrayé. Il est si seul… et il n'a que moi. »

- « Ce que l'on dit de la raison de sa présence parmi nous est-il vrai ? »

- « Il a senti un Appel puissant envers moi. Si puissant qu'il ne pouvait plus l'ignorer… il ne pensait qu'à me retrouver. Il m'a dit aussi que ses dieux avaient conclu un Pacte entre nous. »

- « Ses dieux, Gwenedys ? Les dieux n'existent pas, tu le sais ! »

J'ai regardé Tindrell avec découragement… C'était toujours les mêmes arguments qu'on me plaquait au visage…

- « Mais je l'ai senti moi aussi, cet Appel ! Il est si fort que je ne peux plus revenir en arrière. Il m'a déjà transformée… Je ne suis plus totalement Elfe et pas encore humaine. Mon âme a soif d'espace intérieur et aussi d'évoluer autrement. Je suis au bout de mon chemin d'Elfe, je le vois en moi comme une certitude ! »

- « L'homme t'a ensorcelée ! Comment un Pacte du Monde de l'Extérieur peut-il toucher une Elfe de l'Air ? C'est contraire à toutes nos lois sacrées. Ne répète ni au Conseil ni à Ar Danesill' ce que tu viens de me dire. »

- « Oh, je ne connais pas toutes les réponses que tu voudrais, Tindrell, mais il y a eu aussi deux rencontres avec un Grand Lumineux…

Oui… ai-je ajouté en baissant les yeux comme si j'étais coupable de prétention. Il m'a même encouragée à aller vers les humains. Leur univers est blessé, tu le sais, et nous en subissons les tourments. »

Ma réponse laissa Tindrell si interdite qu'elle s'est accroupie pour ne pas perdre pied en fermant les yeux... comme face à une invraisemblance qui brisait également sa propre stabilité intérieure.

- « Serais-tu devenue une Elfe-Canal pour qu'un Lumineux s'adresse à toi ? Ar Danesill' le sait-il ? Tu dois l'en informer, ainsi il pourra peut-être calmer les grandes colères de notre Contrée envers l'humain et aussi ta dissidence. Notre équilibre est rompu... Déjà Tellendrach' est divisée et il y en a qui souhaitent supprimer l'intrus par la folie induite. Astalann est à leur tête. »

- « Ar Danesill' ne m'est pas hostile... Mais accompagne-moi plutôt à l'Anneau des Grands Chênes Blancs... Baldrinn m'y attend... »

- « Nous serons vues par les Veilleurs. Ils sont en alerte et je les crains ! Tu connais les lois du ¨*Ce Qui Doit Être En Notre Monde*¨, n'est-ce pas ? Tu sais ce qu'elles réservent à ceux qui désobéissent... »

- « Sommes-nous devenus de méprisants et stupides guerriers comme ceux du Monde de Métal ? »

Tindrell posa son regard sur moi puis se releva pour finalement se laisser glisser, résignée mais malgré tout à mes côtés dans la direction de l'Anneau des Grands Chênes.

Baldrinn était bien là, aux aguets. Le rouge de sa chevelure se confondait avec l'horizon enflammé et des bruits sourds résonnaient encore dans le sol... Ses pensées, ses craintes nous ont aussitôt rejointes sous forme d'images indescriptibles. Tindrell le dévisageait tout en humant son parfum d'âme. Elle non plus ne semblait pas trouver qu'il puait.

- « Baldrinn, mon ami… » lui ai-je dit doucement pour le sortir de sa frayeur.

- « Dame des Haut Bois… que se passe-t-il ? Qui t'accompagne ? Qui est-ce ? »

- « Je suis venue vers toi avec ma mère. D'autres secousses violentes issues de ton monde sèment la panique parmi nous. Mon peuple dit qu'on t'y cherche encore, même après tout ce temps, et qu'on joue avec notre équilibre. »

Baldrinn regarda Tindrell d'un air interrogateur puis plongea dans mon regard… J'ai compris que mon ¨même après-tout ce temps¨ l'interpelait. Cette expression faisait allusion à une réalité qui nous échappait à tous deux.

- « Alors… toi aussi tu vas me mépriser comme si je n'avais ni cœur, ni âme ? Mon monde croit les Esprits de la Nature pacifiques… et pourtant ce que je vis en ce moment en étant votre prisonnier me cause de grandes blessures. »

Tindrell lui dit alors…

- « Homme, tu es arrivé en notre Monde sans y être invité et tu bouscules l'ordre de Ce qui doit être… Comment peux-tu penser que nous ne nous sentions pas menacés ? À chaque fois qu'un de vous parvient à passer le seuil de notre Porte, nous absorbons un peu de vos pestilences et de tout ce qui est lourd en vous. Nous y perdons de notre rayonnement et de notre énergie vitale… C'est à chaque fois le chaos. Cela t'a été dit et répété. »

- « Vos gardiens sont venus ici pour me bloquer entre ces arbres comme si j'étais empoisonné et toxique. »

- « Les prêtres de ton Monde manipulent les énergies. Le sais-tu ? »

- « Je ne suis pas druide mais les secousses se produisent parfois sans que les humains y soient nécessairement pour quelque chose… Esus nous dit que la Terre a ses propres colères ou nécessités… »

- « Esus ? Qui est-il ? »

- « Il est le dieu de la Terre. »

- « Cela n'a pas de sens ! Nous avons les Grands Lumineux… Ils sont le ¨Souffle¨ qui nous crée inlassablement. »

Nous allions encore une fois tourner en rond avec les mêmes arguments… Coupant court à leur pénible échange, j'ai très doucement essayé de leur adresser des images plus cohérentes et pacifiantes, puis je me suis adressé à Baldrinn.

- « Peu importe ce pour quoi nous sommes nés de part et d'autre de nos mondes. Baldrinn… mon ami… tu te sens perdu et je comprends ce que tu vis car je connais la même impression d'errance. Mon cœur me fait mal mais je perçois toujours l'éclat du cristal en son centre. Je suis peut-être une dissidente mais pas une pourrisseuse… et je ne t'abandonnerai pas ! »

Une étrange sensation m'a saisie dès que j'en eus terminé. J'avais appelé Baldrinn ¨mon ami¨…

Mais que se passait-il donc ? Une bouffée de ce qui pouvait ressembler à de l'amour nous envahissait tous les deux. Comment avait-elle pu naître au milieu de tout ce tumulte ?

Tindrell salua Baldrinn d'un bref mouvement de la tête puis, sans que je parvienne à lui résister, elle m'a emportée dans un bruissement d'étoiles vers le cœur de notre Contrée.

Le ciel était toujours écarlate au-dessus de Tellendrach' mais le grondement avait cessé. Paisiblement, elle m'a pris la main tout en noyant son regard de jais dans le mien.

- « J'ai peur mais je suis avec toi et j'essaierai de te soutenir dans ce que tu traverses. Je ne crois pas que tu sois dissidente… J'ai bien observé l'homme aux cheveux rouges. Il ne te veut pas de mal, je l'ai compris. Il y a de la Lumière en lui et je n'en doute plus. Je lui ai seulement dit ce que je devais lui dire. »

Blottie dans mes feuillus saphirs, épuisée, j'ai revécu intérieurement notre rencontre. Je refusais que mon peuple considère Baldrinn comme un ennemi à vaincre ou à expulser. Mon âme avait besoin de respirer plus lentement et mon corps de se détendre.

« Faire confiance, avancer… » m'avait conseillé le Grand Lumineux…

Tandis que mes pensées virevoltaient en mon âme, un puissant bruit a brusquement envahi l'espace de mon bosquet. Deux Veilleurs se tenaient devant moi, tout en force avec leurs longues chevelures d'hématite droites comme des heaumes. Leur regard jaune m'a fait peur…

- « Ar Danesill' te demande… Suis-nous ! »

Dans le velours d'une pénombre rosée, j'ai glissé derrière les deux grandes silhouettes qui me précédaient. Un vent soufflait et mes yeux tentaient de capter à l'horizon la futaie des immenses Hêtres qui abritaient le Grand Conseil. Après quelques instants, un flot de clarté blanche a tout inondé. Ar Danesill' était là… L'immensité de mon désarroi a disparu d'un coup, désintégrée par les accents chauds de la voix qui m'accueillait.

- « Alors, te voilà Gwenedys… » fit le chef du Grand Conseil en croisant les bras sur sa poitrine.

- « Me voici… » lui ai-je répondu timidement en m'agenouillant et en le saluant de la même façon.

Je n'arrivais pas à trouver le centre de son regard tant celui-ci était immense. Sa longue chevelure trainait derrière lui tandis que ses fines mains me relevaient déjà.

Mes pensées n'arrivaient plus à se rassembler et mon ¨battement de vie¨ faisait ce qu'il voulait dans ma poitrine.

- « Tu sais pourquoi je t'ai convoquée… »

- « Tu n'as pas capté mes images d'âme lorsque le Grand Lumineux m'a rendu visite ? »

- « Seuls, Eux, peuvent brouiller ma vision. » m'a sèchement répondu le Chef du Grand Conseil.

Involontairement, je l'avais insulté.

Mon corps s'est mis à trembler au son de sa voix désormais vide de chaleur… Qu'avais-je de mieux à faire que de ne plus répliquer ? Je n'étais rien d'autre qu'un petit animal diaphane et blessé. Maintenant, les yeux d'Ar Danesill' m'analysaient comme si je lui mentais, comme si j'étais soudainement devenue une de ceux du Monde de Métal, une puante, une repoussante.

Je me suis laissée glisser sur le sol. Le souffle de la lumière me manquait.

- « Parle … que t'a-t-Il dit ? » reprit Ar Danesill' d'un ton sévère.

- « Il m'a annoncé que j'étais une Porteuse de Lumière… une Elfe qui brise les vieilles rondes et nullement une dissidente. »

- « Tu mens ! Tu as appris à mentir… »

Se leva alors un puissant vent frais qui vint s'engouffrer dans la Futaie du Conseil… Un souffle a plaqué sur mon corps une volée de flammèches et mes paupières se sont alors fermées un instant.

Une immense silhouette d'une blancheur indicible commençait à se dessiner devant nous. Sa Lumière noyait nos regards tandis qu'une incroyable vague d'amour s'emparait de la demeure d'Ar Danesill'. Deux immenses yeux dorés comme l'ambre le plus pur sont alors apparues… et une Voix chaude comme le miel nous a inondés de son Feu…

- « Ar Danesill' ! »

Je connaissais cette Voix. C'était LUI !

- « Mikaël[1]… ! » s'est exclamé le chef du Conseil en se jetant à genoux devant le Grand Lumineux.

- « Ce que je contemple et observe ici me désole. Je ne vois que séparation et orgueil… Ton rôle est de préserver l'équilibre de ton peuple et non pas d'entretenir un culte narcissique de supériorité sur les humains de la Terre. Vous dépendez d'eux comme eux dépendent de vous. Le déséquilibre se joue toujours à deux… tout comme l'équilibre.

Cesse donc d'accuser l'humain de toutes vos perturbations. Aucune vie n'est impure en elle-même. Qui es-tu pour décider et pour disposer de la liberté de rejeter toutes les manifestations de Vie ?

---

[1] Les Grands Lumineux étant de nature archangélique, il s'agit ici de l'Archange Mikaël, porteur du Souffle christique avant même la venue du Christ historique.

Regardez-vous, créatures du Peuple elfique ! Vous vous égarez à en perdre toute votre lumière. Rien n'est dépourvu d'âme... »

Le Grand Lumineux s'est ensuite penché vers moi et m'a tendu un rayon de clarté comme une main pour m'inviter à me relever...

- « Quant à cette Elfe, elle ne ment pas. Elle est appelée à un autre chemin d'âme... car elle a soif de Soleil.

Autre chose l'attend même si elle n'en n'a pas encore la claire vision. Laissez-la donc prendre sa vie en main... et expérimentez le Choix en subissant de moins en moins vos lois de groupe. Oui une route doit parfois changer...

Cette Elfe a entendu un appel tout comme l'homme à la chevelure rouge. On nomme toujours cela folie, dissidence, pourrissement ou inconscience mais, bien souvent, on oublie qu'il y a d'incontournables virages, motivés par quelque chose qui dépasse... Pourtant, dans les consciences, des fils se tissent.

Pourquoi tout cela ici, vous demandez-vous ?

Parce que l'âme qui vit dans le corps de cette Elfe s'ouvre. Elle veut aimer, aider et parcourir un autre chemin que celui, déjà très long, fait en service au Peuple de Tellendrach'.

L'Amour demande parfois de faire des grands sauts dans le vide... pour autrui et pour soi. De son audace, vous grandirez aussi. Alors... abattez les murs de vos incohérences ! »

- « Présence... Je ne sais pas si je pourrai calmer mon peuple. Sa colère est grande et la révolte gronde... la division aussi. »

Ar Danesill' avait perdu toute son arrogance...

- « La Vie fait parfois fleurir une intelligence dont ton peuple n'a pas encore idée. Il y a des rendez-vous que l'on ne peut ignorer. Ainsi, fais de ton mieux... Le Peuple des Elfes n'est fondamentalement ni cruel, ni agressif...Vous n'avez pas été générés ainsi.

Retrouve ta paix, Ar Danesill' ! »

Une autre vague déferlante d'Amour nous a alors caressés puis s'est s'envolée avec le Grand Lumineux. C'était terminé... Si puissant, si doux et si fort en vérité.

J'ai vu Ar Danesill' profondément bousculé.

Il y eut alors un long silence entre nous. Enfin, le maître du Grand Conseil a pris une longue inspiration.

- « Soit ! Je respecterai tes choix. Je ne ferai rien contre l'homme mais je le garde encore dans le Sas mental. La fureur parmi les nôtres mettrait sa vie en danger.

Prends ce bâton d'ambre, Gwenedys. Il est précieux car c'est un amplificateur d'Éther aérien qui t'ouvrira bientôt la porte de la prison mentale. Rejoins donc l'homme et essaie de l'aider de ton mieux. Je vais maintenant jeter une brume sur votre espace... ainsi personne ne pourra capter vos images, ni vous observer... »

Chapitre 7

Baldrinn

J'ai su ce qu'il me restait à faire… Me laisser gagner par ce qui demandait à fleurir dans ma poitrine, accepter de m'en imbiber sans la moindre résistance. Plonger dans une autre sensibilité sans aucun filtre.

Un sourire s'est dessiné sur mon visage… Il était si fort qu'il m'a emportée dans un tourbillon vertigineux. Une douce quiétude s'est alors installée en ma poitrine.

Baldrinn se tenait là, debout et bien droit. Il essayait de percer la brume qui l'enveloppait toujours un peu plus.

Sans attendre davantage, je me suis empressée de pénétrer son espace avec le bâton que venait de me confier Ar Danesill'.

Nos regards se sont croisés puis presque embrassés… confirmant ainsi notre complicité. Comment aurais-je pu espérer ou imaginer une telle douceur, l'instant auparavant ? Comment nos deux êtres issus de mondes si divergents avaient-ils pu se trouver, peut-être se reconnaître puis se frôler ainsi ? Comment avais-je pu à ce point ne pas admettre l'amour que j'éprouvais pour Baldrinn ?

- « Gwenedys… Tu es donc parvenue à traverser la toile ? Imagines-tu ce que je ressens ? »

Je lui ai répondu que oui… mais qu'il me restait encore tellement de choses à comprendre… Alors, j'ai rejoint les bras de l'homme et nous sommes entrés, l'un et l'autre, dans une sorte de douce clarté verte… celle de notre belle saison, celle qui voyait soudainement naître et fleurir ce qui ressemblait à notre amour.

J'ai humé le cou de mon compagnon tout en plaçant mes doigts dans sa chevelure… J'avais tellement besoin de sentir ce qu'était ¨être humain¨… de composer une sorte de ¨code d'accès¨ à sa chair. Oui, j'en étais certaine… l'amour pouvait activer un vrai Passage entre les mondes.

Baldrinn pleurait… Il savait comment faire… Il émettait de longs sanglots rauques et ses yeux inondaient ma peau de leur eau salée. Autour de moi, de nous, la lumière se faisait maintenant plus dorée et nous permettait ainsi de pénétrer encore plus au-dedans de nos consciences et de nos cœurs tout émerveillés.

- « J'ai encore cru que tu ne reviendrais jamais », fit Baldrinn en reprenant enfin son souffle.

- « Moi aussi… mais j'ai reçu l'aide qu'il nous fallait. Un Grand Lumineux est intervenu pour nous laisser vivre ces moments, ensemble et en toute liberté. Ar Danesill' a jeté une vapeur de brume sur cet espace. Personne ne peut nous y voir, ni capter nos images. »

- « Un de tes dieux est intervenu pour toi ? »

- « Pas un dieu, mon ami, un Lumineux… Et Il s'appelle Mikaël. »

- « Tu vois donc qu'il y a eu un réel Appel de nos âmes, une sorte de Pacte entre nos mondes ! »

- « Je le vois… et on peut imaginer que ce soit ce Pacte dont tu me parles depuis ton arrivée ici… Mais je pense qu'un tel Appel s'est produit à tant de niveaux différents… Je ne suis plus la même Baldrinn ! Je change à chaque instant et je n'y peux rien car c'est plus fort que moi et que toutes nos lois.

Sais-tu… avant toi, je n'arrivais pas à penser ¨moi¨. Je ne pouvais concevoir que le ¨nous¨. Ce grand tourbillon de métamorphose que nous vivons tous deux agit aussi sur mon peuple. Certains pensent à réagir et d'autres s'interrogent… C'est comme une Porte vers un autre état de notre conscience qui nous est proposée et tout cela est beaucoup plus grand que moi… que nous tous ! »

Baldrinn a lové sa tête dans mon cou. Un long silence enveloppé de quiétude s'est installé et quelque chose de tendre et d'aérien nous a entourés. Tout se mettait entre parenthèses… Il n'y avait que lui et moi, que mon corps diaphane qui ne connaissait rien de la texture de la chair et de la puissance des sens humains… et son corps à lui qui découvrait mes tissus de lumière.

Ce qui s'est passé entre nous fut comme une douce violence que nous nous sommes faite l'un à l'autre. Nous accostions simultanément sur un continent qui nous était si inconnu !

Sentir la chaleur d'une peau humaine et l'appeler à moi pour me faire pressentir toute l'étendue possible de mes propres sens… Quelques battements de paupières auparavant, cela m'aurait semblé impossible, inimaginable même.

Les humains savaient-ils donc mieux aimer que les Elfes ? En avaient-ils fait un art en acceptant de se livrer totalement dans leurs actes ?

Jusque là, je n'avais su que mélanger des couleurs d'âme, faire fusionner des clartés de tendresse selon un rituel infiniment beau et noble, certes, mais aussi tellement prévisible parce que codifié et toujours identique à lui-même.

Avec Baldrinn, il se passait autre chose. Je comprenais que les sens qu'il m'apprenait à découvrir pouvaient être d'une autre nature que celle dont j'avais entendu parler et qui était de l'ordre du grossier et du méprisable.

J'exultais en voyant combien ces sens déployés sous le souffle de l'amour devenaient le langage de l'âme, dilataient celle-ci et pouvaient mener à ses hauteurs.

Ainsi, il n'y avait pas une seule partie du corps qui ne puisse s'emplir de lumière et devenir une voie d'accès à un sentiment... divin !

Voilà... je l'avais perçu, *le* mot, j'en avais caressé l'essence... Divin ! J'étais contaminée, je commençais à en comprendre toute la portée.

Quant à Baldrinn, je le voyais tout aussi bouleversé que moi. Sans doute lui également découvrait-il des espaces inconnus de sa conscience.

Une chose était évidente, son absence de barrières pulvérisait mes horizons... à tel point que je me suis demandée à un moment si les Elfes n'aimaient pas, sans s'en apercevoir, avec une idée tronquée de l'amour, selon une sorte d'assemblage mental qui se permettait de jouer avec les subtilités de la lumière mais qui ne vivait pas celle-ci complètement.

La peur de la peau, la crainte du toucher et celle des souffles qui s'échangent... Cela ne signifiait plus rien pour moi car rien n'était sale... hormis l'idée que la liberté laissait de pouvoir éventuellement flétrir, salir.

Enfin, la lumière et la chair finirent par se confondre en nous, un peu comme si les deux se reconnaissaient et admettaient, de guerre lasse, ne faire partie que d'une seule et même réalité.

Je venais d'absorber à jamais une étincelle d'humanité et Baldrinn, j'osais l'espérer, s'était peut-être senti pousser une ¨forme d'ailes¨ inconnue de lui.

Alors, je me suis posé cette question : Et si le corps d'une créature dite de Fer pouvait être un tremplin pour l'illumination de l'âme ? Était-ce la compréhension puis l'expérimentation de cela qui avait justifié l'intervention dans ma vie de Mikaël, le Grand Lumineux ?

Tout ce merveilleux emplissait nos deux âmes d'un parfum indéfinissable. Baldrinn me disait que son amour pour moi dépassait le temps et toute vie... et moi j'apprenais l'audace de lui répéter les mêmes images d'âme. Nous étions submergés tous les deux par une vague passionnelle que ni lui ni moi n'aurions cru possible. Nos vies avaient basculé et nous ne pouvions plus faire marche arrière.

Toute la saison rouge s'éclipsa de cette façon, en fusionnant par nos deux corps avec l'univers entier.

- « Qu'allons-nous faire ? »... fit Baldrinn.

- « Tu sais bien que ce ne sont pas seulement nos deux êtres qui sont en jeu mais mon peuple aussi. Le rouge se dissipe et je devrai bientôt les informer de ce qui arrive... Le risque que tu cours ici est énorme. Je vais essayer de plaider en ta faveur devant les miens et le Grand Conseil.

J'aimerais tant pouvoir t'introduire parmi les nôtres et que les Elfes de Tellendrach' ne voient plus un pourrisseur en toi ! L'idée que nous puissions être séparés m'est insupportable et l'image de cette séparation me fait si mal dans la poitrine qu'une flamme me dévore intérieurement… La sens-tu, toi aussi ? »

- « Je suis ébranlé, Gwenedys, tout est si grand pour moi ! Ton amour me donne des ailes, ta douceur a la rondeur d'un fruit des plus savoureux… Sans toi, ma vie s'éteindra dans un sommeil désespéré. Je redoute ce qui nous attend. Rien ne sera facile. Les tiens ne m'accepteront pas. Je le devine en mon cœur comme un mauvais pressentiment. »

Je ne quittais pas des yeux, Baldrinn, à la fois effrayée mais aussi résolue à tout tenter pour le faire accepter par mon Clan. Ma poitrine bouillonnait et je devais trouver le courage de me jeter dans le vide en confiance. N'était-ce pas ce que le Grand Lumineux m'avait dit ? Confiance…

Dans un sursaut je me suis redressée, enveloppant tout mon corps de ma chevelure… Seuls mes yeux d'opaline étaient encore apparents. J'ai regardé fixement mon ami.

- « Gwenedys, mon aimée, pourquoi me laisser encore seul en cet espace ? Permets-moi de venir avec toi rencontrer ton Peuple... Peut-être verront-ils ce qui m'anime et qu'ils sauront alors que je ne veux pas semer le chaos dans leur monde ? »

- « Je ne peux pas te laisser t'extraire de cette prison mentale sans la permission d'Ar Danesill'. Il m'a confié une clé, vois-tu, et je dois la lui remettre… J'ai brisé un interdit en te permettant de rester ici, en te cachant… et en t'aimant. Nous avons, toi tout comme moi, une foule d'ennemis ici. »

- « Alors, puisque ton peuple ne veut pas de nous, viens avec moi dans ce monde que vous dites de Fer ! »

- « Tu sais bien que je ne peux pas vivre dans ton monde ! Je suis encore Elfe… malgré tout ! »

J'ai vu les mâchoires de Baldrinn se crisper, son regard perdu, ses bras ballants. Une mèche de sa chevelure rouge lui barrait le visage comme une blessure de plus.

- « Mon ami, je… t'aime… Je leur parlerai, même s'ils ne soupçonnent pas toute la puissance de notre amour, même s'ils refusent de l'entendre… même si… »

- « Même si quoi ? Que ne peux-tu pas me dire… ? »

- « Attends-moi… Restons confiants. »

J'ai enjambé l'espace en brandissant bien haut le bâton d'Ar Danesill'… La silhouette de mon aimé se dissipait déjà dans l'ambre de la brume. Était-ce la dernière fois que je le voyais ?

Une force s'est alors emparée de moi et m'a fait glisser vers la Futaie des Hêtres qui abritait le maître du Grand Conseil. Aussitôt, je me suis sentie sondée au plus profond de mon âme. Ma mémoire était visitée et mon cœur instantanément découpé en mille morceaux.

Les Veilleurs étaient là et me regardaient avec hostilité. Un froid intense m'a envahie et l'énergie de mon corps d'Éther a chuté. C'était trop tard… Je ne pouvais plus m'esquiver… J'étais devenue telle une prisonnière dans mon propre monde.

- « Alors te voilà revenue, Gwenedys… s'exclama Ar Danesill'. Tu as le bâton ? L'homme ne t'a pas suivie ? »

- « Non… je ne l'aurais jamais laissé venir avec moi sans ta permission. »

Une forte nausée puis un grand vertige se sont emparés de moi. Toutes mes images d'âme se sont brouillées et je me suis finalement écroulée aux pieds du chef du Grand Conseil. J'ai cru que ma vie s'arrêtait là... simplement et sans bruit, comme une feuille se détache de l'arbre, trop lasse.

Quelques tourbillons d'ombre plus tard, j'étais étendue sur les moussus à la porte de la demeure d'Ar Danesill'.

- « Inutile de m'en dire plus, Gwenedys, j'ai déjà sondé et lu tes images ... Je ne te condamne pas même si je ne comprends pas tes désirs d'autonomie. Cependant... je ne peux pas laisser l'humain vivre parmi nous. Les vibrations du Fer sont trop basses pour notre peuple. Elles l'effraient... Elles l'alourdissent et nuisent au travail elfique. Trop de pauvres fréquences qui peuvent nous happer et aspirer notre monde vers le bas... »

- « Vers le bas ? Toutes ne sont pas ainsi, tu te trompes ! Ce que j'ai connu du ¨dedans¨ de Baldrinn est lumineux, plus lumineux que beaucoup de ces âmes d'ici qui se permettent de le condamner. Sa façon d'aimer est puissante comme le feu. Je te le dis, chez nous on ne sait pas aimer... on balbutie à peine l'amour ! »

- « Ne va pas trop loin, Gwenedys ! Oui, je le sais, dans tous les mondes, il y a des âmes plus évoluées que d'autres. Je ne ferai cependant pas d'exception pour cet homme. Je respecte les Lumineux et je ne lui nuirai pas mais mon premier rôle est de préserver l'équilibre de notre peuple. »

- « Alors, tu vas le retourner à son monde ? Il n'y survivra pas ! »

- « J'envoie les Gardiens retrouver un Portail pour le faire passer. Il sera débarrassé d'une bonne part de son métal, ce qui est bon pour son... âme. Nous effacerons ses pensées par la folie induite. Ainsi, il ne souffrira pas de ton absence. »

- « Mais ne m'avais-tu pas dit que tu respectais ce que nous vivions ? »

- « Sans doute... que je t'ai un peu menti. Je le devais... »

Je me suis arrêtée un instant sur ce que je venais d'entendre. Ar Danesill' avait-il bien dit ¨menti¨ ? Il bougeait donc, lui aussi ? Il découvrait la liberté du mensonge sans même s'apercevoir de ce qui se passait ? Je n'ai pas osé le lui faire remarquer.

- « Ce n'est pas ce que le Grand Lumineux t'a demandé ! » ai-je alors fait.

- « J'ai promis à Mikaël d'essayer de calmer les révoltes parmi les nôtres mais je n'y ai pas réussi. »

- « Ils n'ont rien compris ! Toi non plus ! »

Je me suis écroulée. Un liquide violet a aussitôt commencé à sillonner abondamment mes joues, laissant un parfum de pivoine se répandre sur les moussus et dans les mains d'Ar Danesill', décontenancé.

Un voile s'abattait sur mon âme et une page se tournait définitivement.

Le maître du Grand Conseil reprit alors...

- « Lorsque le Portail sera retrouvé, les Veilleurs iront chercher l'homme. Je te laisserai lui faire tes adieux... si possible. »

- « Je voulais vivre près de lui mais tu m'as tuée ! » lui ai-je crié.

Dans une spirale violente, éperdue de douleur, je me suis laissée glisser sous un ciel de flammes rouges pour aller me lover au creux de mon bosquet. Mon âme était tellement souffrante et j'avais perdu tout espoir.

Mes paupières se sont alors fermées sur mon chagrin et, pendant que mon cœur basculait entre deux mondes, j'étais devenue une boule de douleur. Le fossé entre le Peuple elfique et moi se creusait d'une façon effrayante.

J'ai tout vu… Une scène était en train de se dérouler près des grands conifères mauves de la Contrée d'Arwingelys', légèrement à l'ouest de la rivière Elmerach'. Le Portail était arrivé donc là ! Presque tout le Clan de Tellendrach' y était rassemblé et la grande silhouette d'Ar Danesill', enveloppée de ses lichens et assise sur les racines de nos plus beaux arbres, y affichait toute sa suprématie. Un poison de jalousie les avait donc tous envahis comme une onde malsaine et nauséabonde…

Eux aussi, ils expérimentaient ¨autre chose¨ mais ils en étaient inconscients car la peur et la servilité les avaient rendus semblables à ceux du Monde de Fer qu'ils méprisaient tant. Le Sombre agissait aussi sur eux.

J'ai capté cette horrible vision sans rien pouvoir y faire… L'âme figée par tant d'adversités, je mourais à ma famille. Le dégoût s'est emparé de moi comme une boue dévorante. J'avais cru prendre mon envol et voilà que je m'étais brisé les ailes. J'avais choisi de suivre l'humain pour apprendre sa façon d'aimer… et mon âme avait tellement besoin de respirer différemment !

Comment l'Amour pouvait-il nous brûler ainsi ?

Baldrinn était donc emporté par les Veilleurs et ceux-ci voulaient lui faire franchir le Sas sans aucun ménagement… Il avait le regard vague, les cheveux plus rouges que jamais, le dos courbé, résigné. Je ne l'avais même pas revu ! Là aussi Ar Danesill' avait menti.

Les miens observaient tout, légèrement en retrait et sans émotion… Seuls ma mère et Erdwinn avaient le visage douloureux.

Alors j'ai hurlé, accroupie dans les lichens, j'ai hurlé d'une colère animale que je ne me connaissais pas. Mon être se vidait d'un mal que je n'avais jamais entrevu et mes yeux avaient pris toute la place dans mon visage. Je savais qu'ils projetaient des rayons blancs comme pour éclairer l'incompréhensible, l'inimaginable, l'impensable. Mes cris me revenaient en écho… me blessant toujours davantage.

Enfin, j'ai poussé un second hurlement, si puissant que je suis tombée dans une profonde inconscience…

Chapitre 8

Nuit de l'âme

Je n'arrivais plus à reprendre souffle. Je n'étais guère plus que ce visage crispé contre le sol de mes bosquets bleus, les mains agrippées à quelques brindilles, le corps vidé de sa seule raison de vivre... Baldrinn…

Plus rien n'avait de sens, je n'étais plus de ce peuple ni même dans le monde de mon ami.

J'étais seule et je m'en moquais... tout comme de ce que mon Clan pensait désormais de moi. Non, ils n'avaient pas réussi à avoir de prise sur mon âme ni à y à imprimer une image de déshonneur. Je le refuserais toujours ! Comment concevoir que ce peuple qui avait été mien puisse aller si loin dans le rejet et le mépris ?

J'aurais voulu invoquer le Grand Lumineux… mais je n'avais plus la force de prier. Prier ? Cela aussi c'était nouveau… La sensation d'un tel besoin… J'ai alors connu une saison intérieure très sombre et gluante, une saison qui n'était pas sensée exister, sans couleur ni sans parfum. Plus rien ne pouvait être un baume à ma grande douleur et je me suis perdue dans une sorte de brume sans issue. Le néant existait-il donc ?

Je suffoquais sous le poids de mes espoirs et de mon amour envolés. Seules quelques odeurs de ce qui avait été mon monde arrivaient encore jusqu'à moi pour me maintenir la tête hors de l'eau.

Qu'étais-je donc devenue ? Je regardais mes mains, ma chevelure en désordre et ce liquide violet qui inondait toujours le sol autour de moi... J'essayais de me débattre dans toute cette noirceur...

Malgré tout... un son me chuchotait doucement à l'oreille de revenir ¨chez moi¨ tandis que l'obscurité paraissait vouloir se dissiper lentement. Cette voix, c'était celle de ma mère, Tindrell, qui essayait désespérément de me réchauffer contre son corps. Elle était bonne cette tendresse, bénéfique pour mon corps. J'ai tenté d'assembler des images mais j'étais encore trop fragile et mon âme, quant à elle, cherchait en vain à ramasser ses forces éparpillées dans ma chair. Mon être n'était plus que brûlure.

Ma mère a alors tissé une sorte de vêtement fait de lichens verts et de pivoines pourpres pour m'en envelopper tout le corps très étroitement afin de lui redonner sa chaleur et son énergie d'Éther. C'est ainsi que les Elfes accueillent habituellement la naissance d'un autre Elfe.

- « Repose-toi, je reviendrai... Tu es allée très loin, Gwenedys. J'ai craint de ne pas pouvoir te ramener... » fit-elle en déposant une dernière caresse sur ma tête.

J'ai sombré dans un autre lieu... celui du monde de l'Extérieur. J'y étais arrivée en fermant simplement mes paupières fatiguées par la luminosité de la saison rouge qui me blessait la vue. Je me voyais dans cette même forêt, celle des Hauts Bois de Baldrinn, allongée dans les fougères... si légère était sa lumière, toute feutrée sous les grands conifères. Des odeurs suaves de pins et de sapins émanaient du sol et une libellule voletait autour de moi. Elle bougeait délicatement les ailes comme si elle voulait me faire deviner par images l'histoire des jours et des nuits, des étoiles, de la lune et du soleil de sa Terre.

- « D'où viens-tu ? Qui es-tu ? » paraissait-elle demander.

- « Je suis Gwenedys et je suis... Elfe. »

- « Tu ne veux plus de ton Monde ? »

- « Je ne sais plus... Pour mieux comprendre la vie, j'ai voulu abattre des cloisons trompeuses en mon âme... Abattre une cloison qui voile la conscience n'est ni un crime ni un mensonge, n'est-ce pas ? Oser franchir une porte pour aller vers quelque chose de plus grand... et vers le mieux de ce que nous pouvons offrir, c'est juste cela que je voulais... La liberté est-elle un poison ? »

- « Je ne le sais pas, je ne la connais pas, je vole seulement comme je suis... » a-t-elle murmuré en m'effleurant le visage d'un dernier battement d'ailes.

J'ignore combien de temps je suis restée ainsi inconsciente... Silencieuse, je suis demeurée interdite un moment lorsque mes yeux se sont ouverts... La luminosité améthyste annonçait l'arrivée de la saison violette.

J'avais le cœur transpercé...

Toutefois, en me redressant sur mon lit de mousse, encore toute enveloppée dans mon cocon de lichens et de pivoines, j'ai eu la sensation que l'on venait de me dire quelque chose d'extrêmement important.

C'était comme un rappel, la stimulation du souvenir d'un lointain enseignement faisant partie de la plus vieille des Traditions elfiques… Une Tradition qui n'était pas propre à Tellendrach' mais qui avait été remise autrefois à l'ensemble de l'Univers elfique terrestre par Mikaël, le Grand Lumineux.

Elle disait que nulle créature n'était irrémédiablement figée, non seulement dans son monde mais aussi dans son règne, que c'était une des lois de l'Évolution. L'Évolution… Le mot, l'idée que l'on ne voulait justement ni prononcer ni capter à Tellendrach' et sans doute aussi dans bien d'autres contrées elfiques.

Cette Tradition disait également que les Salamandres, en détenaient la clef, que la nature de leur Éther était transmutatoire, qu'elle calcinait de son Feu subtil tout ce qui était arrivé à son point ultime de maturation.

Les Salamandres avaient ainsi le pouvoir de faire franchir à jamais les frontières vibratoires ! Il fallait cependant savoir que lorsque cela arrivait, cela se faisait sans retour possible. La loi disait qu'abandonner les bases de sa propre essence pour d'autres était irréversible car on ne pouvait pas jouer avec la mutation de l'âme.

C'était la bulle de Lumière et donc d'espoir dont tout mon être avait besoin… Était-ce le Grand Lumineux qui l'avait poussée vers moi afin que je La respire ? Aurais-je pu en douter ?

Mais, comment alors contacter le Peuple des Salamandres ? Où était-il ?

Il était partout, bien sûr… puisque le Feu se trouvait là, en tout, bien caché au sein même de tous les Éthers. C'était cela, précisément, qui le rendait tellement insaisissable !

Dans de telles conditions, ¨partout¨ cela signifiait aussi d'une certaine façon ¨nulle part¨… Une notion, une réflexion également que m'avait fait découvrir Baldrinn en me parlant du ¨Père de ses dieux¨, Lug. « Lug est partout, m'avait-il raconté, et c'est pour cela que les hommes ne le trouvent pas, parce qu'ils vivent dans ses interstices. »

« Ainsi, c'est cela… briser les rondes, me suis-je fait la réflexion. Non… je ne regretterai jamais mon intrépidité. »

Maintenant que j'étais à nouveau seule et que ma décision se consolidait, le problème et le défi demeuraient entiers. Si la clef de la métamorphose que je réclamais était détenue par les Salamandres, vers où devais-je me diriger ?

Je savais comment rencontrer ceux du monde souterrain, comment connecter mon âme à celles qui peuplaient les rivières et les lacs mais… où trouver les esprits du Feu ? Contrairement aux humains qui avaient besoin d'eux pour avoir chaud et se nourrir, les Elfes n'avaient aucun savoir-faire pour appeler les Salamandres. Ils les côtoyaient partout sans jamais les voir, ils étaient un peu, à leurs yeux, le mystère de l'Océan éthérique.

Y avait-il, à Tellendrach', un seul endroit où j'avais jamais approché un éclair, le claquement de la foudre ou même ne serait-ce qu'une flammèche, une véritable étincelle qui pouvait porter le feu ? Non…

Ma tête s'est vidée, une fois de plus… et puis soudain, il y a eu un déclic… Et si le Portail lui-même, le Sas et tous les sas de Tellendrach' et d'ailleurs étaient en réalité le Feu lui-même ? Oui, de quoi était-il fait, ce Sas ? Quel était le Principe qui agissait en lui ? Il se présentait comme un tourbillon de brume, de lumière et il crépitait…

Si les Esprits de la Terre savaient comment agir sur lui et intervenir dans ses mouvements, c'était forcément en comprenant sa nature profonde et en l'approchant.

Moi aussi, je l'avais approché le Portail, bien sûr… mais de quelle façon ? Pas pour un contact avec la Force qu'il traduisait… Seulement pour le franchir.

Cette réflexion eut l'effet d'un nouveau bouleversement en moi. Le Portail était plus qu'une voie d'accès vers Monde de l'Extérieur. Peut-être alors était-il aussi la Porte qui conduisait à l'univers des Salamandres.

Il fallait que je sache et, au point où j'en étais de ma ¨folie¨ et de mon désarroi, que me restait-il d'ailleurs d'autre à faire ?

Je me suis redressée, j'ai ôté mon voile de lichens et de pivoines et j'ai glissé d'un seul élan du cœur jusque là où j'avais vu que le Sas se trouvait désormais, à l'ouest de la rivière Elmerach'.

Les grands conifères mauves d'Arwingelys' étaient à proximité, entourés de hautes fougères. Je m'y suis enfoncée, attirée par la lueur qui devait être celle du Passage.

J'ai senti un léger déplacement de lumière et les fougères se sont aussitôt couchées comme sous l'effet d'un très subtil tourbillon de force.

Je ne m'étais pas trompée ! Le Portail était bien là et sa lumière crépitait. Non, ce n'était pas l'aspiration créée par son flux circulaire qui devait retenir mon attention mais l'étrange ¨matière¨ qui définissait le pourtour de son vortex.

J'ai laissé mon regard y entrer… une façon d'être et de faire qui était inconvenante chez les Elfes car c'était considéré comme vouloir ¨forcer un secret de vie¨.

Jamais les Elfes ne plongeaient le regard et l'âme au cœur d'un Élément, d'une Force. Soit ils y étaient invités, soit ils s'en abstenaient, par décence. C'était une sorte de sagesse dont ils pensaient que les Grands Lumineux les avaient dotés. Tous les Esprits de tous les Éléments s'interpénétraient, c'était évident mais aucun d'eux n'allait fouiller dans la réalité des autres.

J'ai donc osé ce qui était proscrit... une fois de plus ! Je l'ai fait avec un étrange espoir mêlé de désespoir, sûrement parce que je voyais cela comme ma dernière chance pour me rapprocher des humains et retrouver Baldrinn. Mais une autre crainte est alors venue en moi... Serait-il permis que je retrouve mon aimé dans le Monde de Fer ? C'était cela... ou peut-être rien du tout... ou le dessèchement de mon âme elfique.

Alors, j'ai approché mes mains puis mon visage et ensuite mon corps du crépitement du Portail. Je l'ai fait jusqu'à avoir la sensation d'être ¨léchée¨ puis absorbée par lui. Un frisson glacial m'a bientôt parcourue... moi qui imaginais je ne savais quelle calcination. Il était tellement froid que j'ai eu l'impression de craqueler du dedans... En un instant, j'ai compris que la froidure n'était qu'un niveau de la chaleur, pas son absence, un état du Feu qui habite tout.

Je ne saurais dire ce que celui-ci a transformé en moi. C'était mystérieux... J'y ai seulement vu de grandes flammes d'or et d'argent dotées d'une multitude de regards qui s'ouvraient, se fermaient mais me fixaient constamment. Les Salamandres me prévenaient du non retour possible de mon âme au Monde des Elfes.

La façon dont elles ondoyaient changeait quelque chose dans ma structure. J'ai paniqué... Où cela allait-il me mener ? Peut-être allais-je tout simplement disparaître de mon monde, m'éteindre à force d'avoir trop voulu et puis ne plus jamais retrouver le chemin vers le Monde de l'Extérieur.

Peu à peu, j'ai eu besoin de remercier... C'était bien les Salamandres qui dansaient autour de moi. Elles ne me scrutaient pas, elles me lavaient d'une apparence dont je ne voulais plus. Elles ralentissaient le Feu en moi pour en induire un autre, tout aussi vrai certainement mais plus lent, plus près de la vibration du Fer.

J'ai sursauté... Quel pas étais-je en train d'accomplir vers l'inconnu ? Ai-je crié ? Il n'y avait pas de son, pas d'images d'âme pour venir me rejoindre. J'ai seulement eu l'idée d'une sorte de grand soupir et un seul nom est venu, celui de Mikaël. Je l'ai prononcé... mon dernier espoir pour ne pas être engloutie dans quelque chose d'indéfinissable. Tout s'est arrêté là...

Une simple et brève sensation de chute et je me suis retrouvée couchée sur un tapis d'herbe, quelque part... J'ai mis un long moment à m'en relever...

Une clairière, des fougères, un soleil fade et une multitude d'odeurs... J'avais franchi le Portail !

J'ai regardé la peau de mes mains, je me suis touchée... Je n'étais plus moi-même, la lumière du Peuple des Elfes n'était plus en moi !

Chapitre IX

L'initiation

Était-ce donc vraiment arrivé ? Cet impensable qui, pour moi, avait d'abord été répulsif, ensuite tentation, besoin vital puis enfin délivrance pour continuer à vivre, à espérer et à aimer, avait-il été atteint ?

J'ai été prise d'un autre vertige et ma vision s'est à nouveau brouillée. La clairière que j'avais à peine entrevue avec sa lumière blafarde et ses fougères n'était déjà plus là.

Je me suis sentie très mal. J'avais du faire un trop grand saut dans le vide. Quel orgueil avait été le mien ! L'espoir de me faire absorber par la réalité du monde des humains afin d'y apprendre à respirer la vie autrement était certainement aussi insensé que celui qui aurait été de chercher à monter vers le Monde des Grands Lumineux…

Monter ou descendre ? C'était d'ailleurs une question que je ne m'étais jamais posée.

En voulant rejoindre l'homme, en m'attachant si soudainement à Baldrinn, est-ce que je faisais un mouvement de descente ou de montée ?

Ceux qui avaient été ¨les miens¨ ne pouvaient voir cela que comme une chute, c'était évident… Mais que disait l'Ordre des Mondes ? Où se tenait la Réalité des réalités ? Faudrait-il encore Mikaël pour me le dire ? Mon malaise ne voulait pas s'estomper. Je ne voyais plus rien et le vertige m'emportait toujours.

Mikaël ? Sans doute, m'aurait-Il dit simplement que la réponse devait jaillir de moi parce que tout ce qui m'avait fait bouger, me rebeller et faire un pas dans le vide était toujours ¨monté¨ de mon intérieur.

Dans cet effrayant vertige qui n'en finissait pas, j'ai eu progressivement l'impression que mes idées parvenaient malgré tout à s'ordonner. Au cœur de ces moments décisifs j'ai alors vécu d'incroyables percées de conscience, des sortes de ¨coups de soleil¨ sur mon âme qui lui faisaient perdre des pans entiers de son ancienne réalité.

Oui, je me suis demandé pourquoi il fallait toujours penser en termes de montée ou de descente, en plus ou en moins, en bien ou en mal. Ainsi, la question de la possible infériorité du Monde de Fer ou de son hypothétique supériorité par rapport au Monde elfique m'est apparue stupide…

Les mondes, les univers étaient ce qu'ils étaient. Frères, cousins, voisins, quel terme aurait été le plus juste ? Emboités les uns dans les autres, chacun avec son soleil, sa lumière, son temps ou son non-temps, sa logique interne… Tout cela au service… Oui… Au service de quoi et surtout pour quelle raison ? S'il y avait une seule vraie question, c'était celle-là. Pourquoi de si nombreuses facettes à la Vie ? Il y avait inévitablement une Force derrière chacune d'elles et celle-ci les rassemblait.

Les Grands Lumineux ? Que savions-nous d'eux ? Peut-être n'étaient-ils eux-mêmes que des intermédiaires, la seule Force que les esprits des Éléments et de l'Océan de l'Éther étaient capables d'entendre… Peut-être le Monde de Fer avait-il sa part de réponse…

Il me paraissait seulement certain qu'il ne pouvait y avoir que l'amour derrière tout cela ou une seule Puissance qui le disait de mille façons différentes.

C'était lui, d'ailleurs, l'amour, qui m'avait fait bouger… ne serait-ce que l'amour de la liberté, de ¨quelque chose d'autre¨ que la respiration figée des instants qui se répètent.

Pendant un temps indéterminé, je suis restée comme cela, ne sachant pas trop si je me consumais ou si je me dilatais vers une autre réalité qui commençait à m'accepter.

Soudainement, une voix s'est immiscée dans mon vertige.

« Il n'y a aucune autre réalité qui doive commencer à t'accepter ! C'est toi qui dois l'accepter en toi ! Ne cherche pas ailleurs. »

Je ne savais pas d'où elle venait mais elle avait forcément raison. D'ailleurs, c'était peut-être d'une zone de moi-même qu'elle provenait…

La rencontre des univers entre eux, leurs apprivoisements mutuels ne pouvaient se faire qu'en nous. En mon cœur… En notre cœur !

Je ne savais pas si le temps s'était immobilisé ou s'il s'était étiré tandis que j'avais franchi le Portail. Cela ne voulait plus rien dire… Cependant, j'ai eu l'impression que, durant cet ¨espace¨, j'avais été instruite, qu'une Intelligence m'avait nourrie pour que la vibration du Fer que j'allais peut-être pouvoir absorber me soit vivable, pas comme un cadeau mais comme le fruit logique d'un travail de mon âme sur elle-même.

Oui... et cette Intelligence m'avait fait comprendre qu'aucun espace et aucun temps n'étaient clos, recroquevillés sur eux-mêmes avec leur lot de définitions tournant en rond. Toute forme de vie avait la capacité de faire un bond vers une autre, tout règne pouvait se projeter vers un autre ou en accueillir un différent de lui.

D'où venaient les Grands Lumineux ? Bien évidemment d'un univers né avant le nôtre. D'où venaient les hommes ? Forcément du même Point qu'Eux, que les Elfes et tout ce qui formait la nature... et la Nature des natures.

Le Dessein de la Vie était que tout se rejoigne et apprenne à se mélanger, s'harmoniser. Et pour cela, Ce qui se cachait derrière Elle s'efforçait sûrement de semer de la Force, du Courage et de l'Audace à tout vent et à travers les Mondes.

Le comprendre, c'était alors apprendre à tout tenter et à tout vouloir, au risque de se faire bannir, isoler, maudire.

Oh, je devais être heureuse d'avoir tout essayé pour profiter de ces semailles. Je savais que j'allais devoir recommencer l'apprentissage d'une façon d'être mais que ce serait aussi une façon de renaître, de m'ouvrir nouvellement les yeux...

Dans ce Monde que je priais de m'accueillir, il fallait que je me promette de ne pas m'endormir. Jamais !

Enfin, tout doucement, la sensation de vertige a ralenti et s'est estompée... J'étais ¨dans¨ une matière qui avait un poids, qui sentait l'odeur terreuse des fougères et qui suggérait la lumière d'un soleil, celui des humains. Ma tête s'est relevée toute seule... et un nom entendu ¨jadis¨ est venu se planter en moi : la Terre des Hauts-Bois ! J'y étais arrivée, détruite et reconstruite. C'était au sortir d'un songe…

Je me suis relevée et j'ai pu me tenir sur mes jambes. Elles étaient lourdes et j'ai vu comme les herbes et les fougères pliaient sous elles. C'était étrange parce… presque bon et peut-être même… vraiment bon. Sur ma peau, quelques rides sous lesquelles coulaient des sortes de ruisseaux bleutés… du sang.

Le sang était-il si horrible que l'affirmaient les descriptions qu'en gardait encore ma mémoire elfique ? Non, il pouvait être bien autre chose que le sceau de la violence, de la cruauté et de la mort…

Il était aussi le cœur, le don, la force d'aimer. D'un monde à l'autre, il avait toujours existé ! C'était seulement sa couleur, sa lumière, sa substance qui changeaient. Qu'il soit liquide ou aérien ou même pure lumière, c'était la même chose. Il fallait bien que le Divin enseigne selon la multitude des regards et des écoutes…

Ici, parmi le Monde de Fer, au domaine des Hauts Bois, il était rouge et j'allais l'aimer ainsi pour la chaleur de sa couleur… et même pour son odeur de fer.

J'ai tout à coup réalisé qu'en moi-même je venais d'évoquer l'image du Divin. Je la comprenais donc ? Je l'avais peut-être toujours comprise sans avoir su l'appeler ni me l'avouer. On ne peut pas éternellement nier ce dont nous sommes faits…

J'ai donc voulu marcher et je l'ai fait en direction d'un point qui me semblait plus ouvert que les autres sous les frondaisons… un grand cercle fait d'herbes torsadées et couchées au sol. Était-ce celui que je cherchais ? Des lapins étaient toujours là mais ils s'enfuyaient à mon approche dans les fougères. La nature était rousse et aucune libellule ne voletait plus autour de moi.

Juste devant l'anneau d'herbes, j'ai deviné une forme, une masse grise. C'était une cabane faite de bois, d'arbres morts et non pas de feuillages tressés. Cela aussi, il fallait que j'apprenne à l'aimer… le service rendu par l'arbre, sa générosité qui s'ouvrait sur une autre forme de vie.

Derrière ce petit abri, une rivière se glissait parmi quelques rochers et des gazouillis d'oiseaux parvenaient à mes oreilles comme pour m'inviter davantage…

Je me suis encore avancée, gênée par le bruissement de ma robe sur le sol… puis je me suis arrêtée un moment pour la regarder, cette robe. Jusque là, je ne m'en étais pas souciée…

Je l'ai touchée… Elle était rude et un peu terne, semblable à une mousse de la saison violette. Elle était simple, en fait, et je me suis dit qu'elle avait juste besoin d'être aimée pour ce qu'elle était chez les humains : un végétal tissé, là aussi un don de la Nature.

Alors, j'ai repris mon avance vers la cabane. Il y avait contre elle une sorte de siège creusé dans les restes d'un tronc… et une silhouette y était assise. C'était celle d'un vieillard abandonné à son sommeil.

Je m'en suis approchée et, mue par une sorte d'instinct, j'ai cherché son visage en partie caché par de longs cheveux blancs embroussaillés. Je le connaissais, j'en étais certaine…

Tout à coup, j'ai aperçu la marque d'une grande et vieille cicatrice sur sa joue droite. Je suis restée interdite…

C'était Baldrinn, mon tendre Baldrinn ! Mais il était maintenant si vieux…

Instantanément, quelque chose au tréfonds de mon âme s'est mis à pleurer de joie et de reconnaissance en la Vie. Jamais, je n'avais pensé pouvoir retrouver mon aimé puisque les Salamandres m'avaient prévenue... Elles n'avaient aucun pouvoir pour décider du destin des âmes.

Une voix s'est alors infiltrée en ma tête... comme un Cadeau. Oui, cette voix était bien celle de Mikaël. Mikaël continuait à me guider tout en demeurant invisible. Oui, j'en étais certaine maintenant !

- « Te voilà ainsi arrivée à ton nouveau port d'attache... C'est à travers ce Monde de Terre et de Sang maintenant que ta vie se prolongera et que ton âme fleurira autrement. Le libre-arbitre que tu vas y découvrir offre de si multiples chemins ! Tu vas les vivre... sombres ou lumineux, comme les nuits et les jours.

Tu as franchi définitivement le Portail afin d'y marcher tel un pèlerin conscient d'en être un... Toutes les trajectoires sont des maîtres enseignants.

Ainsi s'exprime le Principe solaire, Gwenedys... Il est partout et constamment à l'œuvre dans l'univers et Il laisse chacun visiter tous les recoins de son inconscience puis de sa conscience. Il fait escalader tous les sommets ainsi que tous les précipices qui guettent constamment l'âme.

Tu as réclamé ton droit au libre choix car tu étais arrivée au bout de ton chemin elfique. Tu l'as obtenu... Maintenant, tout dépend plus que jamais de toi, de ta marche, de tes actes et de ton audace grandissante...

Ne laisse jamais ton âme sombrer dans le sommeil et le piège de l'illusion ! Souviens-toi aussi que l'Engourdissement est une maladie sournoise, aux mille visages, mais que l'Amour est un stimulant pour qui en est atteint. »

Un long silence a suivi ces paroles. Il laissait une immense paix en moi car tout y était dit.

Je me suis agenouillée face à mon ami… Habillé de vêtements de peaux d'animaux en lambeaux et de tissus décolorés, il avait tellement vieilli ! Il semblait si abattu et las ! Allait-il me reconnaître ? Je me suis mise à espérer qu'il attendait ¨quelque chose¨ sur son banc improvisé.

- « Baldrinn, Baldrinn, mon ami… » ai-je murmuré à son oreille tandis qu'il somnolait toujours.

Il a enfin entrouvert ses paupières lourdes, surpris par le son de ma voix. Ses yeux, ses pauvres yeux étaient meurtris par le chagrin…

Son regard avait perdu tout son éclat, voilé par le désespoir… sans doute. Combien de temps s'était-il passé pour lui depuis que les Veilleurs l'avaient jeté dans le Sas… ? Il avait terriblement changé tout en restant le même…

Peut-être cent ans humains… me suis-je dit. Le temps dont je m'étais extraite était tellement différent de celui-ci !

- « Me reconnais-tu, Baldrinn… ? » ai-je répété plusieurs fois en prenant son visage dans mes mains.

J'ai contemplé chacune des rides qui sillonnaient sa peau ainsi que les petits soleils qui, comme des rayons inachevés, cernaient son regard. Je les ai tout de suite aimées, ces rides…

Oui, elles me racontaient notre histoire, la douleur de notre séparation… Oui, il arrivait à la chair du Monde de Fer de pleurer et de souffrir en gardant profondément en elle des traces aimantes… et c'était beau ce que j'y lisais.

- « Gwenedys, est-ce donc toi ? a fait Baldrinn d'une voix pâle… Ainsi, mes prières ont été entendues… Oh… J'ai bien cru ne plus jamais te revoir… Si tu savais… Depuis tout ce temps, cette éternité, jour après jour, nuit après nuit depuis que les Veilleurs m'ont jeté hors de ton Monde, je me tiens près de mon *Cercle aux Fées…* »

De lourds sanglots le secouaient. Son corps et son âme étaient épuisés… Je lui ai pris les mains pour le partage de ma force.

- « Que fais-tu dans cette cabane ? Où sont les tiens, Baldrinn ? Où sont les Terres des Hauts Bois ? »

- « Après avoir été projeté dans le Portail, j'ai sombré profondément dans l'inconscience. Lorsque je me suis réveillé, j'avais le visage dans les herbes du Cercle… J'ignore encore combien de jours après ma chute… J'étais totalement perdu et complètement anéanti.

Peu à peu, la mémoire m'est revenue. Je me suis souvenu de mes derniers moments en ton Monde et du jugement du Grand Conseil. On m'avait expulsé… et retourné chez moi sans ménagement.

En me relevant dans mon corps endolori, j'ai contemplé mes mains, mes vêtements, touché mon visage… Je n'étais plus le même… J'avais vieilli de nombreuses années en quelques instants.

Tant bien que mal, l'âme lourde, sur des chemins qui ne se ressemblaient plus vraiment j'ai marché jusqu'à ma demeure des Hauts Bois… Il y avait un homme et une femme qui l'habitaient. En les questionnant sur leur présence chez moi, j'ai compris que tous ceux que je connaissais avaient disparu.

Tant et tant de décennies, Gwenedys ! Ils étaient tous morts et moi, bien sûr, on m'avait cru trépassé, je n'étais plus qu'un vague souvenir. Aussi, depuis… ils avaient pris ma maison et mes terres. Plus de druides ni d'amis, j'étais seul, je n'étais plus qu'un vieillard réduit à mendier...

Par bonheur, l'homme qui avait ma demeure m'a alors proposé cette cabane sur mes anciennes Terres pour y dormir et m'abriter des intempéries. Il vient souvent me voir et m'apporte de la nourriture, quelques peaux et du bois pour me réchauffer puisque je suis maintenant trop faible pour tout faire moi-même. Les animaux sont mes seuls compagnons désormais... Je n'ai plus rien mais cela m'est égal...

C'était toi, Gwenedys, qui avais rempli mon cœur et qui me faisais respirer... mais on nous a séparés. Je n'avais jamais cru ton peuple guerrier à ce point. Notre amour était une faute impardonnable et je devais périr pour t'avoir aimée... Mais tu vois, je suis là... »

En écoutant le récit de Baldrinn, je me suis mise à rêver de mon Monde, du temps où les Elfes s'envoyaient des images d'âme à âme, des images qui exprimaient tout, sans rien trahir, rien limiter et surtout sans mentir. Que lui était-il arrivé, à lui aussi ? Pourquoi tout devenait-il si compliqué dès que tout se mettait à bouger ? J'en ai eu subitement une nausée. Je percevais le Pont que j'avais voulu lancer entre ¨mon¨ Monde et celui de l'Extérieur avec toute la force de mon âme.

Non, je n'en ferai pas un combat contre ceux qui avaient été les miens... Ils apprendraient eux-aussi, par eux-mêmes, que l'affrontement prend toujours son point de départ dans les limitations de notre cœur, parfois ombre, parfois lumière... que l'on soit Elfe ou pas.

Moi, j'étais venue apprendre à aimer en humaine et c'était mon âme qui l'avait demandé. Vivre la Vie comme Elle se décline, vivre les choix qu'Elle nous propose...

J'ai croisé mes mains sur ma poitrine, j'ai senti la chaleur de ma chair et le sang qui y circulait... C'était fascinant ! Apprendre à aimer, à me parfaire, à grandir...

- « Et toi, ma douce amie, comment es-tu arrivée jusqu'ici… ? Tu as changé, toi aussi. Es-tu devenue… comme moi ?

La nuit s'en vient, regarde la Lune… Alors entrons nous mettre à l'abri et raconte-moi… »

Une tendre bouffée d'amour m'a enveloppée lorsque j'ai entrouvert ma main pour prendre celle de Baldrinn… Non, je ne m'étais pas trompée… Malgré le vent des années perdues qui soufflait, ma nouvelle liberté m'était douce à l'âme…

La vieillesse ? Mois aussi j'allais en être atteinte. Si c'était une maladie, il fallait sans doute qu'elle ait ses propres vertus pour que le Divin l'ait pensée et laissée se répandre parmi les hommes. L'Éternité ¨selon les Elfes¨ ? Oui… mais pour en faire quoi ? En dépit de tout ce qu'on disait, je comprenais que eux aussi, les hommes, asseyaient de faire vivre leur monde, même à tâtons, même mal. J'éprouvais un étrange et si nouveau sentiment… Était-cela… la Compassion ?

Baldrinn et moi, avons donc partagé ce qui nous était donné de vie autant que nous l'avons pu, dans un amour discret au fond de ¨notre forêt¨. L'homme que j'aimais ne pouvait espérer retrouver sa jeunesse et moi, j'ai rapidement vu des rides s'installer sur ma peau.

C'était ainsi… J'avais perdu de ma gracilité… comme si le Divin avait tout mis en œuvre pour gommer ne serait-ce qu'un peu les années qui marquaient la différence entre nous…

Bien sûr, j'ai appris à cultiver un petit potager avec la sensation étrange de visiter cet autre côté de la vie pour lequel j'avais tant œuvré en un autre temps. Parfois, il m'arrivait de retourner du côté du Portail avec un pincement au cœur… et puis, un jour, toute trace de lui a disparu. Les veines de la Terre avaient bougé.

Personne de ceux qui avaient été les miens n'a jamais osé me suivre… mais j'ai toujours gardé en mon cœur la certitude que ma rébellion avait été enseignante pour eux et qu'elle en ferait avancer d'autres vers l'humain.

Un matin, enfin, l'âme de Baldrinn, mon tendre et vieil ami, s'est envolée, heureuse mais épuisée. Il y eut un terrible vide, un gouffre… mais la mort, moi, je n'y croyais toujours pas, pas comme les autres humains.

Alors le temps, évidemment, a fini par me rattraper de la même façon… comme tous ceux qui sont mariés à la densité.

Je ne dirai pas qu'il ne m'est jamais arrivé de nourrir une nostalgie pour le Peuple des Elfes et la fraicheur de sa lumière mais j'ai toujours su que j'avais fait le choix qui était juste et que le poids des siècles qui passent est l'inévitable rançon de la croissance à laquelle toute vie devrait aspirer.

Ainsi les millénaires se sont écoulés, me faisant voyager d'un corps à l'autre, d'existence en existence, me faisant reléguer la Terre de Tellendrach' loin, loin dans ma mémoire.

Mille tribulations… Parfois, je retrouvais la trace de Baldrinn, parfois c'était lui qui courait après mon âme. Nos vies à tous, nous les humains, sont toujours à l'image d'un dédale au cœur duquel nous nous débattons, non seulement pour trouver ¨l'autre¨… mais surtout pour nous retrouver nous-même.

Et puis, comme une réponse à une vieille et douloureuse intrépidité, une vie, différente de toutes les autres, m'a enfin été offerte.

C'était il y a deux mille ans… sur les bords d'un lac, en Galilée…

Chapitre 10

Shlomit… ou le second Portail

J'étouffais, j'étais à l'étroit et mon cœur battait rapidement… J'entendais ma mère gémir, elle perdait beaucoup de sang et d'eau, et moi, tête première, j'avançais dans mon petit corps vers ma naissance à la Terre.

Tout le ventre de celle qui me donnait vie m'expulsait vers ce monde et je ne pouvais plus rien y changer. Je passais encore une autre porte.

La voix d'un homme, un cri de ma mère et puis ma chute entre ses cuisses chaudes et moites. Une odeur de sang et de sueur mêlée d'épices et d'ambre, une lumière feutrée… Une femme aux grandes mains habiles m'a vite rattrapée et m'a posée sur le ventre de celle qui m'avait portée. J'avais si froid…

L'homme s'est alors penché vers moi et j'ai vu ses deux yeux noirs me fixer intensément et me murmurer quelque chose d'une voix rauque en plaçant sa main sur ma tête.

- « Shlomit… tu t'appelleras Shlomit[1]. Ce sera ton nom, ma fille ! »

On m'a très vite enveloppée dans des linges rudes, bien serrée pour me garder au chaud tout en plaquant mon petit visage sur le sein de cette femme qui venait de me donner vie. C'était donc éternellement cela revenir en ce monde ? C'était horrible !

Toutes les odeurs et les sons m'ont fait hurler de peur. Je me suis finalement endormie en entendant le cœur de ma mère. Ce rythme m'était familier et m'a apaisée.

J'étais la première enfant d'une famille qui serait de quatre… Une petite fille aux yeux de jais, avec des cheveux très noirs et une peau cuivrée.

Quelques jours plus tard, ma mère m'a blottie contre son ventre dans un drapé de lin clair pour me présenter à une Communauté sur les rives de Bethsaïda[2]. Je ne pleurais pas, je ne voulais que dormir. Je me sentais si seule dans ce petit corps…

Des hommes et des femmes allaient et venaient autour d'un grand lac. J'ai appris plus tard que c'était celui de Galilée. Ma mère m'a embrassée sur la tête pour me rassurer avant de me présenter aux gens qui nous entouraient tout en posant la main sur sa poitrine en guise de salutation.

- « C'est une fille, elle est née il y a deux jours et mon époux l'a nommée Shlomit ».

Mes petites mains agrippées à sa robe, je regardais, presque terrifiée, les visages inconnus qui me scrutaient... Une femme jeune s'est approchée en souriant et en tendant les bras vers nous.

---

[1] Shlomit : voir ¨Le Testament des trois Marie¨ de Daniel Meurois aux Éditions Le Passe-Monde.

[2] Bethsaïda, village natal de Shlomit sur les rives du Lac de Tibériade, en Galilée.

- « Elle est donc née ta petite fille ! Laisse-moi la voir. »

Ma mère s'empressa de me placer dans les bras de sa cousine Meryem. Nous étions de la même Communauté.[1]

J'ai vu un beau visage doux de femme se pencher vers moi et déposer un baiser sur ma tête… Meryem sentait bon.

Les mois et les années passèrent vite pour moi dans notre village de Galilée. Une vie étrange pour la petite fille que j'étais. De notre modeste habitation, je sentais la chaleur de l'extérieur, l'agitation des hommes et des femmes de la Communauté, les épices, les amandiers, les orangers, les parfums et les cris des animaux…

Mon père travaillait dur pour construire des barques pour les pêcheurs du lac. Nous avions peu pour vivre et le ventre de ma mère était déjà bien rond. Un autre enfant allait venir… Les saisons passèrent, deux autres naissances suivirent et une troisième. Nous vivions à l'étroit dans notre petite maison de terre et de bois mais cela nous suffisait.

Très jeune, j'étais fascinée par ce qui sentait bon. J'ai donc appris à broyer et à faire macérer des plantes pour en faire des huiles et des onguents. Les parfums des herbes m'enivraient et curieusement me rappelaient ¨autre chose¨… J'aimais aussi l'odeur du grand lac et des roseaux qui peuplaient ses rives. J'allais souvent y prier et pleurer, comme prise de nostalgie, les pieds sur les galets et à l'abri des regards moqueurs…

J'aidais également ma mère à filer la laine de nos moutons. Elle nous tissait des manteaux pour les jours plus froids et m'a vite enseigné à prendre sa relève. Elle s'inquiétait car je m'isolais. Je n'étais pas comme les autres filles du village. J'étais déjà lasse de ma nature terrestre car je rêvais souvent que je sa-

[1] La Fraternité essénienne.

vais voler et que je n'avais pas à déplacer toute cette chair dont j'avais hérité pour me rendre là où je voulais. Je désirais flotter sur l'herbe et parmi les roseaux… cela me semblait tellement plus naturel !

Très vite, je me suis mise à observer les autres jeunes filles et les femmes du village. Je remarquais les traces du temps chez elles… Moi, je ne voulais pas vieillir… Je ne comprenais pas pourquoi cela devait être.

Ma mère, elle, me répétait qu'il me fallait manger davantage pour avoir des rondeurs et me trouver un époux car j'en avais ¨l'âge¨. Ainsi, disait-elle, mon étrange maladie de l'âme disparaitrait enfin…

- « Tu as l'âme lourde, ma fille… Un époux t'aidera à guérir cela. Ton père et moi, n'y pouvons plus rien. Il est temps de quitter la maison et de trouver la tienne. »

Un jour, un homme de Jéricho qui avait presque trois fois mon âge s'est présenté à notre maison et, sans me consulter, mes parents m'ont ¨vendue¨ à lui, du moins est-ce ainsi que je l'ai vécu. Ma ¨maladie de l'âme¨ n'a alors fait que grandir et je suis devenue semblable à un petit animal sauvage.

Cet homme n'a jamais pu m'approcher. Je ne voulais que le fuir afin de rêver à ma guise d'un autre monde, plus léger… Je me vois encore, étendue sur le côté, sur la natte de sa somptueuse demeure, vêtue de riches vêtements couleur de nuit et ornés de broderies, les paupières gonflées par des rivières de larmes, inconsolable.

En colère et humilié par mon comportement, l'homme m'a retourné à ma famille sans trop attendre...

Réfugiée dans un coin de la maison de mes parents, je me suis alors davantage refermée sur moi-même au grand désespoir de mon père. Je ne sortais que pour aller prier sur le bord du lac, debout, sur les galets, fixant les mouvements de l'eau. Là, je continuais à rêver d'un pays où l'on pouvait voler, où l'air était léger et odorant et surtout où la chair n'existait pas...

Au fil de mes prières, mon âme s'est un peu apaisée... et on m'a offerte une seconde fois à un autre époux.

C'était un modeste pêcheur et il avait deux fils aussi âgés que moi. Il était veuf...

Je l'ai apprécié tout de suite car son regard était doux et j'y lisais le respect de ma souffrance. Il m'offrait un toit, loin des jugements de tous.

Nous avions de belles conversations sur la terrasse de notre humble demeure tout en contemplant les étoiles... Il était pieux aussi et, parfois, dans un même élan, nous nous tenions simplement la main comme de vieux compagnons qui se soutiennent mutuellement...

Hélas, mon âme était toujours lourde et mon corps dans une inexprimable peine. L'ennui de ¨*quelque chose*¨ m'habitait si profondément ! Je continuais alors à me rendre quotidiennement sur les rives de Bethsaïda en priant ce ¨*quelque chose*¨ de venir à moi.

Je rêvais toujours aussi souvent mais, une nuit, mon rêve est devenu comme un songe vivant... Un homme avec une barbe abondante et des cheveux bouclés s'est approché de moi. Il portait la longue robe blanche de ceux qui soignent. Il m'a dit :

- « Shlomit, tiens-toi demain près du puits, au moment où le soleil est à son zénith. N'en dis rien à personne... »

Je n'avais jamais vu cet homme auparavant mais sa présence avait pourtant été si intense et familière... Le lendemain, bien que chamboulée, je n'ai pas imaginé ne pas me présenter au rendez-vous. L'inconnu était bien là, comme dans mon songe, près du puits et vêtu tout de blanc. Il m'a souri et m'a aussitôt dit :

- « Je suis Simon… C'est le Maître qui m'envoie vers toi. Il t'appelle… et Il t'attend au lac. Suis-moi… Je t'y conduis ! »

Le Maître ? De qui parlait-il donc ? Trempée jusqu'aux cuisses parmi les roseaux du lac de Tibériade, une inquiétude m'a subitement envahie. Étais-je folle de suivre cet homme ? Jamais je n'avais osé m'aventurer aussi loin dans l'eau et dans l'enchevêtrement des plantes du rivage…

Mon regard inquiet a finalement distingué un amoncellement de galets parmi la haute végétation. Un homme y était assis, de dos… Il avait les cheveux très longs et portait une robe de lin immaculée. J'ai pensé qu'il priait… Il nous a certainement entendus arriver car il s'est bientôt retourné et m'a souri. Je l'ai vu si grand que je me suis dit qu'il devait être un ange… Des petits soleils s'échappaient de ses yeux. Il m'a tendu la main tout en demandant à Simon de nous laisser seuls.

Mon cœur a alors commencé à palpiter dans ma poitrine… ce Regard-là, *Son* Regard, je Le cherchais depuis ma naissance !

- « Viens petite sœur, prend place à mes côtés, ne crains rien… » fit-il d'une voix chaude et rauque, une voix enveloppante comme un souffle d'amour.

Assise près de lui, il m'a pris doucement la main droite tout en regardant ma paume; il a ensuite touché mes yeux tout doucement en dégageant l'une des mèches noires de mon visage.

Il me souriait… mais moi je ne touchais plus terre, je ne percevais plus rien d'autre que sa main et lui… lui qui sentait bon l'oliban et le jasmin.

- « Je me nomme Jeshua, tu m'as appelé, alors je t'ai entendue... »

Je suis restée muette tant j'étais émue.

- « Tu ne te souviens pas de moi, Shlomit ? Moi, je me souviens de toi. Je sais que tu sais voler... mais laisse-moi te donner des racines de terre car tu en es dépourvue et c'est ce qui te fait souffrir... Ce fardeau qui est en toi, veux-tu en guérir, petite sœur ? »

Il n'a pas eu besoin d'en dire davantage...

C'est à partir de ce jour-là, de cet instant-là, que j'ai passé un second Portail. Oh... il n'a pas été facile à franchir non plus celui-là !

Neuf mille années d'attente ! Un rien, à la grandeur du Cosmos...

Il ne m'a pas fait quitter la Terre... Il m'y a plantée plus profondément et Mikaël y a pris le visage du Christ afin de m'en faire découvrir une autre saveur encore... Celle de la Compassion qui s'expanse, celle de la Matière qui reste à sublimer et qui attend les mains et le cœur des hommes pour l'être. Celle qui était l'essence même d'un vieux Pacte passé entre *tout ce qui est*.

Derrière le regard, les fragilités et les forces de Shlomit, pour celle qui s'était appelée ¨un jour¨ Gwenedys, c'était un nouveau défi qui commençait... et qui se poursuit toujours.

Puissent ces pages, porteuses de quelques ¨souvenirs d'ailleurs¨, stimuler le cœur et les forces de toutes celles et de tous ceux qui aspirent, dans le défilé de leurs jours, à grandir et à faire grandir le monde…

Un rêve ? Tout ce que l'on parvient à entrevoir et à espérer est de la semence d'avenir… À nous d'en prendre conscience et d'agir.

Des milliers d'années après ce qui constitue la trame de ces mémoires trop longtemps enfouies, notre monde évidemment souffre encore, il souffre plus que jamais.

Est-ce une fatalité à laquelle il nous faudrait nous plier ? Il nous appartient d'en refuser l'idée et de tout mettre en œuvre, en dedans de nous, autour de nous, pour penser la Vie différemment, pour respecter la Terre autrement, pour découvrir l'Univers éternellement, et pour…. tout simplement apprendre à AIMER démesurément.

N'en doutons pas, il y a ¨quelque chose¨ de Gwenedys, de Shlomit et même de Baldrinn au fond de chacune et chacun, quelque chose qui invite à ¨passer les mondes¨… Ce ¨quelque chose¨, c'est le courage, c'est l'audace aussi de décider de la couleur de la Terre que nous avons à réinventer, sans plus attendre.

Table des Matières